白比 学

振り返れば ターニングポイント

東京図書出版

振り返ればターニングポイント

目次

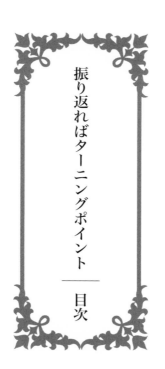

1　春の陣馬山、謎の一枚の紙きれ

和田峠からの山道は急だった。

木漏れ日が、ほとんど感じられない、暗がりの針葉樹の木立を抜け、ひたすら静かな山を登る。ジグザグの道に木造りの階段が、いくつも続いている。陣馬山は、標高８５５ｍ、和田峠からは三十分ほどで登れる、最短コースである。

薮田守は、以前に何回も、陣馬山に登ったことがある。だから、山頂までの山道が、暗くてきつくても、それほど長くはないことを知っていた。

ただ、きれいな景色も、めずらしい花もないので、勾配のきつさに、財前直美が飽きてしまうのではないかと、心配だった。高尾山を、陣馬山に変更した理由を話したくても、山の暗くてきつい状態では、何を言っても言い訳にしか聞こえないと思い、じっと我慢していた。

財前は、約束の前日に、高尾山ではなく、薮田が、なぜ陣馬山にしたのか、不思議に思いながら、無言で階段を上っていた。

財前は、登山客でにぎわう高尾山を、一昨日までは想像していた。

財前が考えるドタキャンというのは、やむを得ない事情ができてする、突然のキャンセルだ。

今回は、薮田が、急に目的地を変更したのである。ドタチェンジって、聞いたことがない。薮田のことだから、何かしら事情があると思って訊くのをためらった。

やっと上の方から光が差してきた。と同時に人の話し声が耳に入ってきた。人は、暗い所から明るい所に出ると、心が躍る。

「頂上だ」

薮田は両腕をあげて、こぶしを天に突き上げた。薮田なりのガッツポーズだった。

「頂上って明るくて広いのね」

黙りがちだった財前の顔が、にわかに笑顔に変わった。

「ここ陣馬山の頂上には、シンボルがある。ほら、あそこに大きな白馬が見えるだろ」

薮田は、白馬の見える山頂を指さした。

「ほんと、白馬の周りで写真を撮っているわ。人が小さく見える」

「頂上が広いから、景色とマッチして、白馬が映えるんだよ」

陣馬山の真っ青な空と、山頂の伸びやかな雰囲気が二人の間の霧を払いのけた。

「あっ、あれは富士山だわ」

財前が、右の小屋の先に、富士山を発見した。

「左に白馬、右に富士、少し後ろになるけど、あそこに、赤ちゃんの使うオマルのように見えるのが、大岳山だよ」更に薮田は、指をさしながら、

「東には、ガマガエルの目が、二つあるように見える山があるよね。あれが、ガマの油売りで有名な、筑波山だよ」

「よく知っているのね」

「やあ、実はね。この看板にみんな書いてあるんだよ」

藪田は、ニコニコ顔で言った。

「まあ、ずるい」

財前は、わざと怒ったふりをした。

「そんなことないよ。種明かししているんだから」

藪田は、真剣な顔をした。

「そうね、正直で、見直したわ」

「疑っていたのかな」

「だって、高尾山だと思っていたら、陣馬山だったでしょ」

財前は、頬を膨らませた。

「山にはそれぞれ良さがあるけど、今日はここの方がいいんだ」

「なぜ、ここ」

財前は、不思議そうに訊いた。

「高尾山は、東京で一番の人気の山だよね。でも、あそこは人が多すぎる。眺めを楽しみながら、落ち着いてゆっくり話をするには、陣馬山の方がいいと思ったんだ」

「そうだったんだ」

「ぼくが、何か悪巧みでもしようとしていると、思ったのかな」

「そうじゃないけど、変えるなら変えるで、もっと早く、前もって連絡してくれてもいいじゃない」

「そうだよね。たぶん余裕がなかったんだな」

「電話一本の余裕がなかったの」

財前は、腕を組んだ。

「物理的にはあったな。忘れたんだ」

「準備、処理、片づけじゃなかったの」

「参った。ぼくの言ったこと覚えていたんだ」

薮田は、右手で頭の後ろを押さえた。

「そうよ、薮田さんは時々いいこと言うから」

「準備に時間がかかって」

「何を準備したの。別に大した用意いらないでしょ、薮田さん何回も山に行っているんだから」

「そう、そうなんだけど」

藪田は、言葉に詰まってしまった。

「言い訳ができないところを見ると、何か企んでいるのでしょ」

「別に、そういうわけではないけど」

藪田は、少し困った顔になった。

「じゃあ、話して」

「その前にせっかくだから、写真を撮ってもらおうよ」

藪田は、わざと話を変えた。

「いいわ、その後に、ゆっくり訊くことにするわ」

財前は、すまし顔で言った。

近くにいた学生風の男性に、カメラを渡して、二人で撮ってもらうことにした。

「ハイポーズ」

白馬を挟んで指さしている所と、白馬の脚に二人で抱き着いている写真を、二枚ずつ撮ってもらった。なるべく、集合写真にならないように考えたからだ。ところが、その青年が、もう一枚と言うので、なぜと訊いたら、後ろ向きの写真を勧めてくれた。目をつぶってしまう心配がないからだそうである。

「さてっと、テーブルのある椅子に座りましょう」

藪田が誘うと、財前は、にっこり従った。

「富士山を見ながら話ができるなんて、すてきね」

財前は、座ると、両肘をついて、拳に顎を乗せ、薮田を正面から見つめて、笑顔を作った。

「そうでしょう」

「それで、どうして余裕がなかったの」

財前は、今度は、はぐらかされまいと、薮田の目から目を離さなかった。

「そっちですか、まだ覚えていたんだ」

と言いながら、薮田は受け身になった。

「ここを選んで、余裕がない理由は、ぜひ訊きたいわよね」

財前は、腕を組んで、追及姿勢を取った。

「神田の古本屋街へ行ったんだ」

「何かいい本があったの」

財前は少し笑った。

「いや、なかった」

「古本屋街に行って、何も買わなかったの、つまらないわね」

「ところが、ある古本屋に入ったんだ。その時、古本の独特な甘いような匂いがした。何故か、懐かしい学生時代が、蘇ってきたような気分になった」

「話が長いのね。肝心な話はどうしたの」

疲れたような顔になって、財前は、また顎を手のひらに乗せた。
「その時、髪の長い学生の足元に、一枚の紙が落ちていた」
「それで」
「『紙が落ちましたよ』と、教えてあげた。本に挟まっていた栞のようなものが、落ちたと思ったんだ。しかし、その紙は、学生のものではないと言う。ぼくは学生の去った後、その紙を何気なく拾った。ところが、その紙には、興味津々な言葉が書いてあったんだ」
「何て書いてあったの。まるでミステリー映画の始まりみたいね」
「調べたら、ヒンドゥー教の教えらしい。ゆっくり言うよ。
心が変われば、態度が変わる
態度が変われば、行動が変わる
行動が変われば、習慣が変わる
習慣が変われば、人格が変わる
人格が変われば、運命が変わる
運命が変われば、人生が変わる
何かいい感じだろう」
「何かすごく教えられる言葉ね」
財前が、興味が出てきたのか、頬に両手を添えて肘を前に出した。

「そうだろう。でも、ぼくは考えた」

「何を考えたの」

「心が変わる、態度が変わる、というのは相手を意識し過ぎている。運命が変わる、というのは自分の意思とは、関係なかったりして、分かりづらいと思ったんだ。そこで、次のように変えてみた。

考え方が変われば、行動が変わる
行動が変われば、習慣が変わる
習慣が変われば、余裕ができる
余裕ができれば、発想が変わる
発想が変われば、人格が変わる
人格が変われば、出会いが変わる
出会いが変われば、人生が変わる

どうかな。『自分を成長させる方法』だよ」

「うん、何となく成長できそうな気がするけど」

「けど、何だい」

「具体的には、どういうこと」

「自分を変えなければ、相手を変えられないだろ」

「そうね」

「今日、高尾山に行けば、話題も周りのことが、気になりやすくなる。周りの人の目も気になる。流れの中に身を任す観光になる。この陣馬山なら、ゆっくりして、人の目も気にならないし、新しい発見について、こうやってお互いの考えを言い合える」

「どういうことか、少しわかってきたわ。『自分を成長させる方法』もう一度言ってくれない。メモするから」

「メモならこれをあげるよ、ほら」

と、薮田はポケットから用意してきた紙を取り出した。

「ありがとう。私も、成長したくなったわ」

財前は、右手に紙を持って、読み始めた。

「うん、この『自分を成長させる方法』で、一番大事なのは考え方を変えることだよ。人間は考え方を変えるのが一番難しい」

「今日もいい勉強ができたわ。でも、このことで、時間がなくなったわけではないでしょ」

「この『自分を成長させる方法』を、心得にしていれば、いい意味においての転機になる。人間は転機が多いほど成長できると思うんだ。波瀾万丈の人生は嫌だけど」

「転機って何かが変わるきっかけでしょ」

「そう転機にも大きな転機がある。ぼくはその大きな転機をターニングポイントと言いたいんだ。人生が大きく変わる時、その時の出会い、その時の選択がなければ、今日の自分は全く別の人生を歩んでいたような場合だ」

「そんなに大きなことなの」

「春休みに、一枚のヒンドゥー教の教えという紙を拾わなければ、こんなことは考えなかった。おそらく予定通り、高尾山に行っていただろうな」

「薮田さんて、不思議な人ね。たった一つの教えで『自分を成長させる方法』とか、転機だとか、ターニングポイントだとか自分の考え方を見つけてしまうんだから」

「財前さんは、どんな時が転機だったのかな」

　薮田は話題を変えた。

「私は小学校二年の時に父の転勤がきっかけで、大分県の国東市から、東京に引っ越してきた時かな。友だちが変わったし、言葉も違うし、今思えばカルチャーショックね」

「財前さんは大分県生まれなんだ」

「薮田さんはどこの生まれ」

「福岡県の柳川市、だけど一歳の時、財前さんと同じように東京の昭島市に引っ越した」

「一歳じゃあ、柳川のことは覚えていないでしょ」

「柳川どころか昭島も覚えていないよ。そこで両親は協議離婚して、ぼくは父に引き取られた。その後、中国から引き揚げてきた親戚三世帯に、たらいまわしのように預けられたんだ」

「薮田さんは、おっとりしているけど、苦労しているんですね」

「平々凡々というわけではないんだ。小さい頃は波瀾万丈だったな」

「その点、私は平々凡々に、過ごしてきたように思うな」

「いいな、うらやましいよ。自分で切り開かなければ、わからないことだらけだったし、友だちについていくだけだった」

「でも、先生になれたんでしょ」

「うん、そうなんだけど、まだ未熟者で。だから古本屋で拾った一枚の紙きれで、『自分を成長させる方法』を発見したときは、これで生きていこうと本気で思った」

「そこに結び付くのね」

「だから、どうしてそんなことを考えるのか、小さい頃の話を、財前さんにしようと思ったんだけど、長くなるから文章に書いてみたんだ。これだよ」

薮田は、ザックの中からファイルに挟んだ便箋を取り出した。薮田は、それを両手で大事そうに手渡した。

財前は、それを受け取ると、その枚数に、はっとした。

「薮田さん、これだったのね。余裕がなくなったのは」

財前は、薮田が回りくどく説明していた意味が、やっと分かった。

「ごめん、いきなりこれを読んでほしいとは言えなくて、財前さんが読んでいる間、ぼくはこの周りの景色や草花を散策してくるよ。家でゆっくり読めばいいから、今は斜め読みで読んで」

2　ターニングポイント

杉並区の沓掛町のあけぼの荘、ここがぼくの新しい住まいになった。二階建てで7所帯が入っていた。入り口を入って、すぐ左の7号室の四畳半一間が、生活の場となった。小さなアパートだった。

父は、働かなくては生活ができないので、以前、杉並に住んでいたときの土地勘から、二番目の母の実家に近い、星光《せいこう》保育園という、ミッション系の保育園に、ぼくを預けた。ぼくは、朝の8時頃から夜遅くまで預かってもらうことになった。ぼくは、自宅から毎日、父に送られて、歩いて保育園に通った。そして、夜の9時頃に、父に引き取られて帰るという生活が始まった。

父は、朝ご飯を食べさせたり、弁当を作ったり、という多忙な生活が始まったのだ。ぼくが6歳の頃だった。

この時期が、ぼくにとっては、一番辛い時期だった。しかし、不思議なことに、自我の芽生えるきっかけとなったのだった。

星光保育園は、ミッション系の保育園だったので、宣教師が時々やってきては、お話をしてくれた。神様の話なので、分からないなりに、神様は、やさしい人なのだということが分かった。目の青い外国の方も来て、お話をしては、イエス様やマリア様の絵が描かれたカードを貰った。お話の意味はよくは分からなかった。「信じる者は救われる」だけが、心に残った。

この星光保育園には、昼食後、お昼寝の時間があった。そのとき、クラシック音楽を静かに流していた。ぼくは、お昼寝が苦手だった。どうしても寝ることができなかったからだ。眠れなくて寝返りばかりしていると、注意された。だから、初めはこのクラシックが嫌いだった。だけど、何回も聴いているうちに、心の中でメロディーやリズムを打つようになった。そのうちに、音楽を聴くのが好きになってきた。

保育園のお姉さんが、ピアノの練習をすることがあった。ここで聴いた曲で、後で分かったものがいくつかある。ビゼーの『アルルの女』ビバルディの『調和の霊感第6番』モーツァルトの『ピアノ協奏曲第21番』など、後に、クラシック音楽が大好きになるきっかけとなった。たまに合唱などもしていた。いつも、近くで聴いていたぼくは、今でも『アルルの女』の合唱が耳に残っている。町中で、ベートーベンの『エリーゼのために』とか、メンデルスゾーンの『春の歌』とかを、誰かが練習していると、足を止めて聴き入ることもあった。音楽が好きになる種が、蒔かれたのであった。

まだ、日本中が、貧しくて娯楽のない頃に、ぼくは、音楽に出会うことができた。ステレオ音楽、ピアノの生演奏、そして合唱を聴くことができたのだ。不幸な当時のぼくにとって、画期的な出会いであり、贅沢で幸せなことだった。

星光保育園は、ぼくにとって、さらに幸運なことがあった。

ある日、ぼくは4人で、砂場で大きな富士山のような山を作っていた。山は、どんどん大きく高くなった。すると、相談したわけでもないのに、4人が、四方から穴を掘り始めた。崩れないようにと、掘り下げながら穴を進めていった。腕が肩まで入ったとき、相手の手とぼくの手が、触れ合った。少し遅れて、両隣の向かい合った二人の指と指が絡まった。

「つながったぞ」

ぼくが叫んだ。

「トンネルの開通だ」

その瞬間、右隣にいた義之がバンザイをした。その時、義之の手についていた砂が、向かい側の春夫の目と口に飛び散った。春夫は目をぬぐい、目頭を押さえた。そして、口から砂とつばを吐き出した。

「ばかやろう。何するんだ」

「ぼくは、わざとやったんじゃないよ。ごめんね」

「てめえ、わざとやったんだ」

「わざとなんかやらないよ。バンザイしたら手の砂が飛んじゃったんだよ」

「そんな所から、こっちに飛ばしやがって、お前の母ちゃん、でべそだろ」

「ぼくのお母さんは、でべそなんかじゃないよ。見たことないもん。ぼくのお母さんは、自分のことは、ぼくと言って、友だちのことは君と言うんだ、と教えてくれたよ。君の口は悪いよ」

「かっこつけんなよ」

「ごめんね」

頭に来ていた春夫も、義之が、あまりにていねいな言葉遣いなので、興奮が収まった。

ぼくはこの時、目から鱗が落ちた思いがした。胸に落ちたのは、「お母さんが、教えてくれた」だった。自分には、お母さんがいないこと。大切なことを教えてくれる人が、いないことだった。父は会社でいない。一体誰が、教えてくれるのだろうか。ぼくは考えた。どうしよう。どうやって義之のように生きていけばいいのだろう。5歳のとき、吉祥寺で、母を失ったショックから立ち直れない、ぼくにとって、衝撃的な事件だった。

あっ、そうだ！　義之がいるじゃないか。良い見本となる子の真似をすればいいんだ！

この杉並の星光保育園の体験が、ぼくの人生に、大きな影響をもたらすことになったのだ。このときのケンカとの出会いによって、母親のいない自分を守る保身と、より良く生きたいという欲求が、自分の中に起こったのだった。人生の方向性を決める、大きなターニングポイントになったのだ。ぼくの考え方の生まれた瞬間だった。このとき、自分の中に強い感性が湧き起こったことは、幸運だった。

それからは、今日に至るまで、友だちから良いところを学んできている。

この事件をきっかけに、もう一つ気がついたことがある。それはテレビだった。テレビでは、良い子のみなさんと呼びかけている。テレビを見れば何か良いことが分かるはずだと思ったのだ。

一年ほど前、恵まれなかったぼくの家に、小さな小さなテレビがやってきたのだ。たまたま父が、以前、進駐軍でアルバイトをしていた学生時代の知り合いから、テレビを安く分けてもらったのだった。庶民が、まだ娯楽が少なく、唯一の娯楽だった映画に夢中になっている頃だった。

このテレビが、ぼくに強い影響を与えていく。ぼくの頭の中はテレビのことでいっぱいになり、いつの間にか、テレビと会話をしているのだった。

テレビという虚構ではあるが、当時としては、子どもたちに配慮の行きとどいた番組の多かったことが、ぼくには幸いしたのである。

厳しい現実を生きるぼくにも、虚構の道具のテレビにより、世の中で大切なことを学ぶ、手段を持つことができた。

情緒の不安定さを補うものは、テレビだった。学校に入る前から小学校にかけて、新しいテレビ番組が、次々に始まった。

『月光仮面』『少年ジェット』『七色仮面』『変幻三日月丸』『まぼろし探偵』『ホームラン教室』

など。

この当時、テレビ後進国の日本は、アメリカのテレビドラマやアニメマンガが放送された。『ローハイド』『ローン・レンジャー』『スーパーマン』『名犬ラッシー』『パパは何でも知っている』『ポパイ』等々、放映されている番組のほとんどを見たことがあるのだから、ぼくはテレビっ子どころではなかった。テレビづけになっていった。

テレビだけは、貧しいぼくの家の贅沢品であった。

テレビから情報や娯楽を知ったぼくであったが、このテレビから、ぼくの感性が生まれた。

確か『グーチョキパー』という番組だった。

今日は、6年生ぐらいの長女が、初めてご飯を炊くというので、家族みんなが、嬉しそうに、がんばってと、声を掛ける。

長女は、少し不安そうだが、見よう見まねで、米を研ぎ、水を加える。後は、夕飯時に、スイッチを入れるだけだった。長女は電気釜の本体に釜を入れると、嬉しそうに遊びに出かける。

それを陰で見ていたお母さんが、手を釜に入れ、水加減を見ると、水を少しだけ、黙って足しておいた。

夕飯になり、食卓を囲む家族に、お茶碗によそったご飯を配る長女がいた。家族みんなが、初めてだけど、どうかな、と言いながら食べる。美味しいわ、よく炊けているよ、と励ますお母さん。お父さんも、こんなに上手に炊けるなら、これからは毎晩頼もうかな、と笑い、みんなも笑う場面でドラマは終わった。

このドラマには、初めてチャレンジする時、失敗させてはいけないという、お母さんの娘に対する愛情があった。その母親の優しい配慮に感動したのだった。

初めての時、成功するのと、失敗するのとでは、雲泥の差である。

成功すれば自信につながり、家族の祝福がもらえる。そして、家族の一員として頼りにされる存在となる。

失敗すれば、本人は、自信を無くし、家族からは、信頼されなくなる。

この大事な時には、絶対に失敗させてはならないのだ。そういう時は、必ず支援してあげなくてはならない。それが成長につながるのだ、と感動したのだった。

本当は、その時はこのようなことを考えたわけではなかった。

ただ、目から涙が出て、目頭を何度拭いても、拭いても、涙が止まらなかったのを覚えている。

実は、その時だけじゃない。何年たっても、本当のやさしさを考える時、『グーチョキパー』のお母さんの思いやりのあの場面が心に浮かぶのだった。たぶん自分は、あのお母さんが、自分のお母さんだと思っていると思う。

こういう体験や出会い、選択、影響といったものが、自分の考え方を作ったり、自分の考え方を変えたりした。このような時に、ターニングポイントというのだと思う。すでに、『自分を成長させる方法』の種が蒔かれていたように思う。

親戚の家には、マンガ雑誌があった。ぼくが好んで読んだのは『少年』だった。『鉄腕アトム』が面白かったからである。一番興味を持っていたのは、アトムが手や足が壊れたり、もぎ取られたりしても、お茶の水博士が、直してくれるところだった。もちろん、悪者たちをやっつけて、弱い人たちを助けてあげるところも好きだった。ウランちゃんの体が二つに割れて泡を出して、半分になった体が再生して、ウランちゃんが二人になるところに興味を持った。死なない、直る、増える。このようなことができると、安心して生活ができると思い、興味を持って読んでいた。

テレビやマンガの主人公になっていれば、ぼくの置かれている不幸を忘れることができた。ひらがなしか読めないぼくは、言葉の意味が分からなかったが、それでも、面白いので、マンガを読んでいった。勉強は特に好きではなかったが、好奇心と知識欲があったので、多少なりとも読解力がついていった。必要だから興味を持って学ぶ姿勢は、できていた。

テレビにしても、マンガにしても、後に興味を持つメンコや切手にしても、社会科にしても、ぼくは好きになると夢中になってしまうのだった。

その夢中になる性格は、テレビとマンガのおかげだと思う。

ぼくは小学校に入学してから宿題を家ではやらなかった。宿題忘れが多く、よく教室の後ろに立たされていた。きっとテレビに夢中になることで、本当の母親がいないという現実を、忘れようとしていたのかもしれない。

それでも、テレビとマンガに熱中したことが、知識欲を芽生えさせるターニングポイントになったのである。

ぼくは小学校に上がっても、星光保育園にも、お世話になっていた。今思えば特別なことだった。沓掛町の四畳半のアパートから番場小学校に登校して、放課後は真っ直ぐに保育園に帰るのだった。とにかく一年生の間は、この通学パターンを繰り返したのである。

保育園では鬼ごっこやかくれんぼ、ブランコにジャングルジム、遊動円木で遊んでいた。もちろん、あのインパクトのあった砂場でも、泥だらけになって遊んでいた。

保育園では、お絵かきの時間があった。

ぼくは、どういうわけか絵を描くのが好きになった。

必ず描くのが、太陽と富士山だ。ロケットや人工衛星、マンガもよく描いた。普通の子とはそこが違っていた。やはりテレビの影響を他の子よりも受けていたと思う。

絵を描くことで性格に影響を与えたのは、物をしっかり見ることかもしれない。しつけがされていない割に、物が曲がっているのが嫌いになったことだった。何かずれていたり、曲がっていたりすると、直すことが多かった。整理整頓ができないのに、バランスだけは気にしていた。

何がきっかけで性格ができるのか分からないけど、保育園で身に付けた性格は、ぼくの人間形成にとって大事な基礎となった。そして、星光保育園は、ぼくにとって大きなターニングポイントになったのだった。このとき、自分では気がついていなかったけど、『自分を成長させる方法』の芽が出てきていたように思う。習慣というものはテレビとマンガしか、身に付けていなかったけれど、夢中になると、どこまでも熱中する性格が生まれていた。


「財前さん、どう、読めましたか」

「うん、読めないわよ、こんな長い文章。でも、おっとりしているように見えるけど、薮田さんは、随分苦労しているのね。本当のお母さんは亡くなったの」

財前は、意外な薮田の生い立ちに疑問が湧いた。

「生みの親もいるから、本当は、三人の母に育てられている。生き別れなんだ」

薮田は、寂しそうに言った。

「そうなんだ。でも、いろいろなことがあっても、しっかり生きてこられたんだから、いいじゃないの。今のお母さんとは、うまくいっているの」

「子どもの頃は、ぼくのことを、わがままなきかん坊と言っていたけど、それが、今では先生をしているんだから、世の中は分からない、と言っている」

「何でも今がよければいいのよね。あの不思議な紙を拾ったことが、薮田さんの過去を振り返らせて、ターニングポイントに結び付くわけね。それで、陣馬山なのね。納得したわ」

財前は、今までの霧が急に晴れたような気になった。

「こんなのを書いて、読まされるのは大変だと思ったんだけど、ターニングポイントをあらかじめ意識して行動すれば、成長ができるような気がするんだ」

「ターニングポイントを意識する？」

財前は、またもや分からなくなってしまった。

「そう、ターニングポイントは振り返るだけではなく、意識して行動すること自体がターニングポイントになる。今日は、陣馬山を選択したことがターニングポイントになったと思っているよ」

「すごいわね。ターニングポイントは、自分の成長の芽を探すことにもなるのね」

財前は、薮田の言うターニングポイントの意味をやっと理解した。

「以前、和田先生から、こんな話を聞いたことがある。ある教授が教えてくれたそうだ。――やる気という木には、根性という根がある。その根に、ナニクソというこやしをまけば、勝利という実がなる」

「おもしろい譬えね。きっとスポーツが好きな教授だったんじゃないかしら。山に登っていい景色を見て。いい話を聞いて、今日は陣馬山に来てよかったわ」

財前は、もやもやしていた感情が晴れた気分になった。

薮田は、自分の影の部分と未知のターニングポイントが、山という場所に重く覆いかぶさって、財前の気分を暗くしたような気がしていた。ところが、財前の「陣馬山に来てよかった」の一言で、彼は救われた思いがした。

「そう言ってくれるとホッとするよ」

「何かが変わると言えば、気になることがあるの」

財前は、真顔になった。

「どんなこと」

二人の打ち解けた雰囲気に緊張が走った。

「私じゃないの。蕪木さんよ」

「また、何で蕪木さん」

薮田は、蕪木のことになると嫌な予感がするのだった。

「蕪木さん、今年久しぶりの高学年だそうで、しかも、6年生なのよ。それも、前任者が学級経営できなくて、降りてしまった学級なの。それで、学級が大変らしいのよ。授業にならないらしい」

「蕪木さん、何でも決めつけるからな。ぼくも苦手だよ」

「それがね。面白いことを言っていたわよ」

薮田は、蕪木の面白いは、別の意味があることを察知した。

「面白い？　ずいぶん余裕があるね」

「蕪木さんね、学級がうまくいかないから、薮田さんに相談してみようかな、だって」

「相談って、大体からして、ぼくと彼女の方がうまくいかないじゃないか」

薮田は、蕪木と接することがプラスにならないことを知っていた。

「わかるわよ。スキーで自分からぶつかってきて、薮田さんが悪い、とばかり言うんだから。それに、何を話しても話がかみ合わないし」

「そうだよ。冗談にしても変だな。何か考えがあるのかもしれないけど、ただ当てつけた嫌がらせかも。まあ、今のところ何も連絡がないし」

「そうね。ありえないものね」

「たとえ何が来ようとも、考え方が変われば行動が変わる、で対処するさ」

「早速、『自分を成長させる方法』を使うの」

「もう4年生の子どもたちの指導で使ったよ」

「どんなふうに使ったのかしら」

3　考え方が変われば行動が変わる

今年も例年のように、満開の桜で新学期が始まった。

同じクラスを持つことは、教師にとっても、児童にとっても、気が楽である。それは、お互いが、どんな個性を持ち、好きなもの嫌いなもの、どんな癖があるか、趣味や傾向などをよく知っているからである。

しかし、ともするとマンネリになったり、惰性に流されたり、新鮮さに欠けたりして、お互いの伸び代を削ってしまうかもしれない。

そこで、薮田は、

「ここに紙をくしゃくしゃに丸めたものが二つあります」

と丸めた球を両手に持って取り出した。

「くしゃくしゃの球ですが、大きさが違います。これが、もし人間の脳だったとしたら、どちらの脳が頭がいいと思いますか」

「はい、質問です」

「海老沼君」

「はい、どちらが頭がいいかと先生は言いましたが、同じでもいいのですか」

「はい、同じも含めて三択です。よく考えて答えてください。1番、大きい方が頭がいい、2番、小さい方が頭がいい、3番、どちらも同じくらい頭がいい」

答えるのに簡単な質問ではあるが、先生の質問にはどこかひっかけがあると考えて、神妙な顔をする子、首をかしげてニンマリする子、真剣に考えて唇に力を入れる子など様々であった。

「それでは、判断できましたね。頭は大きい方が頭がいいと思う人は手を挙げて下さい。ええ、8人。では、2番の頭が小さい人の方が頭がいいと思う人。はい、3人ですね。最後です。頭は大きさには関係なく同じだと思う人。33人です。とすると、クラスは45人だから、1人手を挙げていませんね。勉強は判断することだったよね。間違えることがあるかもしれないけど、自分なりに考えることだったよね。はい、丸川君」

「ぼくは頭が大きいんだけど、おっちょこちょいで、頭がよくないと思うんだけど、それだとお母さんに悪いと思って」

クスクス笑い、

「いいんだよ。正解を当てることが問題じゃないんだ。考えることが大切なんだよ」

「じゃあ、同じにします」

「答えを言う前に、この詩を読んでほしい」

そう言いながら、薮田は模造紙を黒板に掲示した。

やればできる　　武者小路実篤

できる　できる
真剣になればできる

できないと思えばできない
できると思えばできる

どこまでも積極的に
できることはできると信じ
永遠に自分は進歩したい

できる　できる
かならずできる

「さて、この詩は、武者小路実篤という人が書いたものです。この詩を読んで感想を言ってください。さあ、どんなことを思ったかな。はい、桧垣さん」

「はい、できると思えば何でもできると思いました」

「はい、海老沼君」

「はい、やる気があれば大抵のことはできると思いました」

「もう一人、笠間さん」

「はい、すぐにはできないかもしれないけど、自分が進歩していけば、できると思います」

「うん、笠間さんらしい答え方ですね。経験があるのですね」

「通学班のことで」

「そうだったね。さあ、どうだろう。頭の大きさと頭の良さは関係なさそうだね」

「小桜さん」

「はい、何でも前向きにやっていれば、できるようになるんだから、頭の大きさは、頭の良さとは関係ないと思います」

「それでは種明かしをしましょう。この大きな紙の球と小さな紙の球は」

と言って、薮田は二つの丸めた球をおもむろに開いた。机の上で紙を平らにしながら、しわを少し伸ばした。そして、黒板にマグネットで貼り出した。そして大きかった、小さかったと、それぞれの上にチョークで書いた。

「見てもわかる通り、大きい球も、小さい球も中身は同じようなものです。さて、ここで問題です。この二枚の紙の違いが分かりますか」

薮田が言い終わるか言い終わらないかのうちに、手が一斉に挙がった。

「それじゃあ、持田さん」

「はい、二枚とも大きさは同じに見えるけど、小さい方がしわが多いです」

「みんなもそう思う？」

「はーい」

と言うと同時に、また一斉に手が挙がった。

「まだあるんだ。鎌倉君」

「はい、小さかった方は、薮田先生が紙を丸めて、強く何回も握ったから、しわがたくさんできたと思います」

「みんなもそう思う。あっ、渡君」

「はい、薮田先生は、ぼくたちをだますために、一つの方は強く握り、もう一つの方は軽く握って見た目の大きさを変えたと思います」

「川内さん」

「はい、先生が見た目の大きさを変えたのは、見た目の大きさではなくて、しわの方に注目してほしかったからだと思います」

「だとしたら、このしわは何だろう」

この発問には、４年生の子も、さすがに長く考えていた。少しして、

「はい、大宮君」

「はい、手を握ると手の平にしわができます。手を開くと手の指の関節の所にしわができます。だから、脳も一生懸命勉強をして、頭を使うと、しわがたくさんできるんじゃないかと思います」

「うーん、素晴らしい考え方だね。脳にしわができるかは、先生も知りません。でも、記憶した所同士が連絡し合うシナプスという所があるそうです。ある考え方と、ある知識が結び付くと、ある考えが、浮かぶことがあります。はい、高木君何か」

「はい、頭の大きさに関係ないということは、勉強をすればするほど頭がよくなるということですか」

「そう、勉強すれば、球のしわが増えるように、頭がよくなると思えばいい。みんな頭がいいんだよ。先生なんかより、よっぽどいい。この『やればできる』の詩のようにできると思えばできるんだよ」

「先生、今日の勉強は『やればできる』の詩ですか」

岸本が、問題意識を持って訊いた。

「詩もそうだけど、これからが本題だ」

「えっ、もっと大事なことがあるの」

「今まではやる気の大切さだ。今度は『自分を成長させる方法』だよ」

と言って、模造紙を黒板に貼り出した。

「質問です」

「はい、川内さん」

「はい、発想が変わるというのはどういう意味ですか」

「発想が変わるというのは、新しい考えや新しい思いつきに変わることだよ。ひらめきと言ってもいい。ええ、はい、戸板君」

「人格というのは、どういう意味ですか」

「人格というのは、人柄のことだよ。人柄が変わるということは、普通は、良く変わるということだから、よりいい人に変わるということだね」

「薮田先生、先生も『自分を成長させる方法』で頑張っているんですか」

岸本が、真面目な顔で訊いた。

「厳しい質問だね。先生もこの方法で頑張り始めたばかりだから、いい出会いもあれば、あまり嬉しくない出会いもある。でも、武者小路さんのように、やればできると本気で思っているよ」

薮田は、いつものように掃除の点検に回っていた。昇降口のところで、

「いつも一生懸命にやっているね」

と声を掛けた。

「毎日お世話になるところですから」

岸本が、嬉しそうに答えた。

「こないだ教えたことも取り入れてやっているかな」

「ええ、やっていますよ」

小柴が自信ありげに言った。

「どのように考え方を変えたのかな」

「箒で掃くときは絵の具を塗るときのように、隅の方から掃くようにしました」

渡が、一歩前に出て、真剣なまなざしで言った。

「それは素晴らしい。図工で勉強したことを掃除に使ったんだね。考え方を変えると行動が変わったんだね」

「前は内から外に掃き出していただけだったので、隅の方に細かい土が残っていました。でも、今は隅からきれいに掃けるようになり、土は残りません」

中丸が、掃き方を具体的に言った。

「勉強したことを使えるようになれば、勉強することも、楽しくなるんだよ」

「はい、よくわかります」

小柴が元気に、はっきりした声で言った。

次の日の帰りの会のことである。

杉森からトイレ掃除に質問が出た。

「最近、トイレ掃除が終わった後トイレに行ってみると、前のように、床のタイルがビシャビシャに濡れていません。とても気持ちがいいのですが、どんなやり方をしたのですか、教えてください」

トイレ掃除の桧垣が立って話し始めた。

「私の家では、時々、ほうきで畳掃除をした後、濡れた新聞紙をいくつか撒いて掃きます。考え方を変えて、学校のトイレの時は、乾いた新聞紙をいくつか丸めて、撒きました。少ししてから、デッキブラシで掃き集めると、よく水分を吸って、きれいになりました」

「ありがとうございました。今度、私たちがトイレ掃除当番になったら、やってみます」

佐々木が、手を挙げて立った。

「桧垣さんのやり方は、とてもいい方法だと思いました。ぼくたちの昇降口掃除にも、使えると思いました。雨の日は、昇降口が、泥混じりでなかなかきれいになりません。水を流した後、その新聞紙作戦をやってみようと思います。アイデアをいただきます」

「いいね。みんなが刺激し合って、みんなが影響し合って成長できるんだから、すごい」

藪田は、子どもたちの応用の速さに感心した。

あの神保町の古本屋の一枚の紙が、こういう変化をもたらすとは、藪田も、想像できなかった。

4　予期しない電話

リーン、リーン
「はい、薮田です」

「私ですよ。蕪木です。蕪木さんですよ」

突然の蕪木からの電話に、薮田はどぎまぎした。しかも、自分のことを「蕪木さんですよ」と「さん」をつけているから、いかにも、売名行為のようで、その意図することがなんであるか身構えた。

「えっ、薮田ですけど、間違い電話じゃないですか」

「かけちゃいけないの」

「まあ、そういうことはないですけど、初めてですから」

「別に、ラブコールじゃないわよ」

「からかわないで下さい。用件を早く言ってください」

相変わらずの蕪木の人を食った言い方に、腹が立ちながら応対する薮田だった。

「話があるのよ」

「ぼくに、ですか」

「そうよ、薮田さんによ」

「ほかに相談する人いないんですか。板倉先生とか」

「あの人はだめよ。彼は相談を持ち掛けてくる人だから、頼りにならないのよ」

「でも、付き合っているじゃないですか」

「それは別よ。彼は教育に関しては頼れない人なの」

「じゃあ、ぼくは頼りになるのですか」

「頼りになるかは、分からないけれど、私と正反対の性格だから訊いてみたいのよ」

「ずいぶん勝手ですね」

「あなた、私の性格を分かっているのでしょ」

「ええ、わがままで、自分勝手で、人をからかって喜ぶ性格」

「ずいぶん酷いこと言うのね。でも、大概当たっているわね」

「自分で分かっているんですか」

「だから、あんたと話をするのよ」

「からかうためにですか」

「本気よ」

「何を訊きたいんですか」

「そんなこと電話だけで訊けないでしょ。会ってよ」

「ぼくが、蕪木さんと会う」

「嫌なの」

「嫌というか、人違いというか、ぼくと蕪木さんは、水と油の関係で、話が合わないと思うんですけど」

「だからいいのよ」

「えっ、それってどういうことですか」

「私と薮田さんが似てたら、話なんかしなくても分かることよ。考え方が反対だから話をするのよ」

「苦渋の決断ということですか」

「あんた、私に何を言わせる気」

「はあ、蕪木さんじゃ、言いたくないでしょうね」

「それで、会ってくれるの」

「ええ、蕪木さんのたっての頼みとあれば承知するしかないでしょ」

「恩着せがましい言い方ね。まあいいわ。いつ会える」

「今度の日曜日で、どうですか」

「いいわ。じゃあ、3時に新所沢の駅前の噴水の所に来て」

「新所沢でいいんですか」

「何か問題があるの」

「いえ、東村山かと思ったので」

「二匹目のドジョウはいないわよ。じゃ日曜3時にね」

ガチャ
(全く、言いたいことだけ言って、人に相談を持ち掛けるんだから、いい気なもんだ。でも、蕪木さんにしては低姿勢で頼んできたのだから、少しは考え方を変えたのかもしれない)

と薮田は思った。

喫茶オアシスは空いていた。

「何だい相談というのは」

小西が、薮田が入るなり訊いてきた。

「例の蕪木さんから相談を持ち掛けられたんだ」

「ということは、まだ相談を受けていないんだね」

「そういうこと。だから、蕪木さんを上手にかわす方法を教えてもらおうと思ってさ」

「そんなの無理だよ。俺、蕪木さんなんか知らないよ。薮田から聞いたことしか知らないんだから」

「そう言わないで、一緒に考えてくれよ」

「何を考えるんだ」

「ぼくも何を相談されるかは分からない。ただクラスがうまくいっていないらしい」

「そんな抽象的なことじゃ答えようがないだろ」

「だから、うまくごまかして、やり過ごす方法を教えてほしいんだよ」

「相談を受けたら普通は、よく話を聞いてあげることだと言うよね」

「それはそうするよ。でも、話が具体的になってきたら」

「いくつか提案して、蕪木さんに選択させればいいさ」

小西は、あっさり言った。

「こっちが提案すれば、その方法がいいとか言いながら、失敗すれば、他人のせいにするのが、蕪木流だからな」

「自分で、できないくせに、うまくいかなければ、他人のせいにするやつって、世の中には必ずいるものさ」

小西にも、他人のせいにされた経験があるようだった。

「やっぱり小西に訊いて正解だった。回答ありがとう」

「こんな回答でいいんなら、お安い御用だね」

と言ってコーヒーを飲んだ。

5　ピンチをチャンスに

ある日、薮田は買い物をするので、西所沢駅まで走った。薮田が、クランク状の道を駆け抜けようとした時、道がY字路になっている右から、突然、犬が飛び出してきた。薮田は、犬をよけようとしたが、ぶつかってしまった。よろけて腰を曲げたところに、犬が吠えて足をバタつかせてきた。その時、犬の足先が、薮田の鼻先に当たり、その拍子で、薮田は尻もちをついてしまったのだ。

鼻が腫れて痛む薮田は、手で鼻を押さえながら、立ち上がるのだが、その柴犬は薮田に対して盛んに吠え続けた。

「どうなさいました。ハチにでも刺されましたか」

薮田が、声のする方に振り向くと、ニコニコしながら、四十くらいのおばさんが、歩み寄ってきた。

薮田は、人が苦しんでいるのに、笑っていることに腹が立った。

「この犬が、鼻を引っ掻いたんですよ」

薮田は目を剝きだして言った。

ところが、このおばさんは、すました顔で、

「登夢《トム》は、何もしないのに悪さはしません」

その時、その犬は鳴きやんだ。

薮田は、この人は何でそんなことを言うのか、怪訝に思いながら、

「ここで、この犬と出会い頭に、ぶつかったんですよ」

薮田は、鼻を押さえながら言った。

「思った通りだわ、登夢は意味もなく人を傷つけたりしません。登夢もぶつかって、びっくりしたんです」

「さっきからトム、トムって、何ですか」

薮田は、不思議そうに言った。

「登夢というのは、この柴犬のことですよ」

おばさんは、また、笑顔になった。

「トムと言うから、外国人かと思っていましたよ」

「トムというのは登山の登に夢の夢《む》と書いて登夢です。いい名前でしょ」

「確かに、登る夢、夢に登る。どっちにしてもいいですね」

「そうでしょ、私の夢なんです。かわいい子です」

「子ですか。子どもと同じですか」

「私は、子どもがいないんですが、縁があって、赤ちゃんの子犬を貰ってから、幸せになりました。荒幡に荒幡富士って、あるのをご存じですか」

「ええ、知っています。登ったことがあります。１１９m、消防署の番号と同じで、覚えやすいですね」

「そこで出会った方が、犬が子どもを産んだんだけど、貰わないかというので、私は子どもがいないし、いただきますということで、福運を貰いました」

「やあ、いい命名です。登る夢ですか。私も登夢とぶつかったのがいい縁になるといいですがね」

　薮田は、いい話を聞いて溜飲を下げた。

「きっとなりますよ。私は、すぐそこの右手にアパートがある、お向かいの2軒目の、勝呂竹代と言います。苗字は俳優の勝呂誉の勝呂です。いつでも遊びに来てください」

「いつでもって、そんなに暇があるんですか」

「うちの主人は、暇があるとカラオケに入りびたりですから。嘘です。働いています。でも、休みは、私をほっぽらかして、遊び歩いています。ですから、どうぞお気軽に来てください。お茶ぐらいは出しますから」

「じゃあ失礼。でも、リードはつけた方がいいですよ」

「すいません」

コンビニで飲み物とスナック菓子を買って、表に出ると、ばったりクラスの海老沼に会った。

「こんにちは、先生、鼻どうかしたんですか。鼻が、真っ赤でピエロみたいですよ。それに、鼻水が少し出てますよ。春風邪でも引きましたか」

海老沼は、心配そうにジロジロと、薮田の顔を覗き込む。

「いや、ちょっと柱に顔をぶつけてね」

「何か急いでいたんですね」

「電話が鳴ったので、振り向いたら柱があってね。犬も歩けば柱に当たるっていう諺はなかったけど、そんな感じ」

「意味が分かりません」

「ところで、海老沼君、何でここに」

「近くの親戚の家に行くんです。先生はどこに行くんですか」

「先生の家は、西所沢駅の裏だよ」

と指をさす。

「でも、先生どこか行くんでしょ」

「分かりますか」

「分かりますよ。その袋の中にペットボトル2本、スナック菓子が2袋入ってますよ。誰かと待ち合わせでしょ。でも、先生、鼻が赤くなって」

「さすが、名探偵海老沼君、だから、ここでマスクを買ったんだよ。格好が悪くて。それはそうと、お母さんとかは」

「あそこのケーキ屋でお土産を買っていますよ」

「そうか安心した。じゃあ、明日学校で」

「先生、デートですか」

「西武球場の野球観戦だよ」

「月曜日、報告して下さいね」

（鋭い推理だが、ここは気にしないで、ノーコメントにしよう。そうだ、鼻のことが気になるから、買ったマスクを着けよう）

駅に行くと改札口で、財前が待っていた。手を挙げて合図して、駅構内に入った。

「財前さん、早かったですね」

すぐに会えたので、薮田はほっとして、笑顔になった。後ろを振り返って、海老沼のいないのを確認してから、歩き始めた。

「鼻、どうかなさったのですか。花粉症ですか」

「いや、西武球場のパンフレットを見ながら歩いていたら、生け垣の上から出ている枝にぶつかって。あの枝は、切った方がいい」

「ながら歩きは危険ですよ。気を付けないと」

「そうですね、一本取られたね。余裕がなかったのかな」

この鼻のことで、いちいち質問されるのも迷惑な話である。その度に言い訳を考えなくてはならない。それもこれも、あの犬と出会い頭に引っ掻かれたせいである。いいのか、悪いのか、頭が混乱していた。

普通、一塁側がホーム側になっている。西武ライオンズファンの薮田としては、一塁側を選ぶところだが、あえて、三塁側を選んだ。今回の観戦は、見るよりも話すことに力点を置いたからである。それに、最近のライオンズは、負け試合が続いていたからでもある。要するに、今日の試合は、ライオンズの勝ち負けよりも、財前と話すことの方が、ウエイトが高いのだ。酒が話で、酒のつまみがライオンズ対ホークス戦なのである。

「私は野球って、全然知らないんです」

「ソフトボールは、学校でやりましたよね。ルールは、それとほとんど同じだから、見ていれば分かりますよ」

「ピッチャーは上投げなのね」

「ピッチャーは上投げが多いけど、いろいろな投げ方をしますよ。今日投げる松沼博久は、下投げではないけど、地面すれすれに投げる投手です。変則ピッチャーとも言いますよ。次のイニングに投げるから見てごらんなさい。チャップリンのようなひげを生やしているからすぐに覚えますよ」

藪田は、ポテトチップスを食べながらモグモグ言っているのが馬鹿らしくなって、顎マスクを外した。

「話は変わるけど、私ね、今年一年生受け持ちでしょ、初めてだし、分からないことが多いのよね」

「どんなこと。ぼくは低学年では、二年生は持ったことがあるけど、一年生は、一度も持ったことがないですよ」

「新任の時、二年生は持ったことがあるんだけど、全然違うのよね」

「そうだろうな。給食にしても、体育の用意にしても、掃除の仕方にしても、何でも初めてだからね」

「まず、ランドセルや学習道具の置き方から指導しなければならないのよね」

「ぼくも、新任の時二年生だったけど、大体のことは、みんなできていたから助かったな」

「でもね、私が指導したことで、その後の学年の先生方が、苦労すると思うと気が重いのよ」

「随分と余裕があるんですね。ぼくだったら、そんなこと考える余裕がないと思うな」

「学校生活の第一歩ですからね。他の学級の先生に後れを取っちゃいけないと思って」

「学年で打ち合わせしたことが、大体できるようになっていれば、いいんじゃないですか」

「大概のことはできるようになるのだけど、他の学級は、ベテランの先生ばかりで、できるようになるのが早いのよ。私のクラスの子よりも」

「運動会までに、その学年で、できるようになることができていれば、後は大丈夫だと思います。一年生の経験のない、ぼくが言うと変ですが」

「そうね。焦っても仕方がないですよね。経験が少ないんだから」

「それよりも、できるだけ子どもたちに、先生のことを知ってもらった方がいいですよ」

「何を知ってもらうんですか」

「いい先生だとか、話しやすい先生だとか、自分のことを分かってくれる先生だとか」

「それには、どうすればいいんですか」

「コミュニケーションだから、とにかく暇なときに、片っ端から近くにいる子に声掛けをして、その子の好きなことや好きな食べ物など訊いたり、先生のことを質問させたりすればいいんじゃないかな」

「どうして忙しいのに、コミュニケーションを優先するんですか」

「先生は、子どもたちをできるだけ早く知り、その良さを発見し、褒めることで、信頼関係を作らなくてはならないと思うんだ」

「でも、先生には、そんな余裕がないわ。授業を教えるだけで、精一杯」

「そうなんだよね。だから、発想の転換なんだよ。子どもたちも、先生も、勉強が大変なんだよ。だから協力し合うんだよ。ピンチをチャンスにするんだ。先生に余裕ができれば、子どもたちにも余裕ができる」

「薮田さんの言う勉強は、判断力と解決力でしょ。更に、創造力が付けば、尚いいんでしょ」

「そうさ、簡単さ、勉強の目標は単純明快なんだ。先生が、余裕のあるふりをすることで、子どもたちに余裕を作る」

「そんなこと、できるわけないわよ。授業時間が決まっているんだから」

「武者小路実篤の『やればできる』の詩を覚えているよね」

「覚えてるけど、実際問題大変よ」

「そうあっさり言われては、困ってしまうな。そこで詩を考えた。オリジナルだよ。これは学級目標にした。『みんなが笑顔の教室』っていうんだ。読むよ」

薮田はおもむろに、胸ポケットから四つ折りにした紙きれを取り出した。

みんなが笑顔の教室

みんなで
一人ひとりのいいところを
見つけあおう
みんなで
一人ひとりのちがいを

認めあおう
みんなで
一人ひとりの苦手なことを
助けあおう
そのスタートに立ったとき
先生も子どもたちも
力がぬけて自由になる
それはやる気
それは親しみ
それは思いやり
そして、みんなが笑顔になる
そんな教室がいいな

「いい詩ね。でも、子どもたちが変わるの」

「人間はリラックスしているときの方が覚えやすいことがある。誰でも間違えるし、間違えたり、失敗することは、恥じゃないんだよ、ということを伝えておけばいいんだよ」

「うらやましいわ。1年生は、手取り足取り、一歩進むのも時間が必要、いつになったら、手放しできるのかしら」

「心配いらないって。みんな幼稚園児のような顔をしていても、先生を見ているから、できなかったことが、いつの間にかできるようになって、先生を助けてくれるようになるものですよ」

「そうだといいんだけど」

「ドラマ『スクールウォーズ』の先生の恩師の言葉に『信じ、待ち、許す』というセリフがある。待つのは大変だし、いっぺんに問題が起きた時に、怒らないのも難しいと思う。でも、怒らないで、信じて諭す方が、近道らしぃよ」

「でも、それって、ドラマでしょ」

「うん、そうだけど、ぼくは、怒って失敗したと思ったことがある。怒っても、何も伝わらなかったし、何も変わらなかった」

「薮田さんも失敗しているんだ」

「失敗だらけだよ。本当に、自分には、うんざりだよ」

「そうなんですね。辛抱することなんですね。成長するまで待ってあげることなんですね」

「うん」

薮田は、過去の失敗が走馬灯のように現れるのを、止めることができなかった。

ワー、ワー

歓声が突然上がった。ライオンズの石毛が大きなホームラン性の当たりを打った。突然、頭が野球観戦に戻った。

「残念ながら大きなセンターフライで無得点だ。何でもそうだね。最初からうまくはいかない。応援してあげなくては」

「応援しても勝てないこともあるわ」

「応援してあげなければ、選手もファンも熱中できないでしょ。熱く夢中にならなければ、面白くないしね」

「今、この試合、藪田さんは、面白いの」

「面白くないね。今日は野球よりも、財前さんの話の方に興味があるからね。仕事の話も大事だよ。いい当たりが出れば、今のように歓声が沸く。三振でもすればファンがブーイングする。相手のファンはピッチャーに拍手をする」

「ブーイングって何」

「不満の声のことだよ」

「分かったわ。野球のことをよく知っているから、見ていなくても分かるのね。私は野球のことよく知らないから」

「ごめん、野球を見に来たんだよね」

「いいわ。いっぺんには分からないもの。その都度教えてね」

「君、今いいこと言ったよね」

「えっ、何かいいこと言った」

「分からなかったら教えてって」

「それがどうしていいことなの」

「アンデルセンの『裸の王様』って知っているよね」

「もちろん知ってるわ」

「あれって、見栄を張るから騙されたんだよね。威張るから誰も教えてくれなかったんだよね。だから『みんなが笑顔の教室』にする必要があるんだ」

「いいわね。薮田さんは、なぜか先を歩いているのよね」

「歳が上ですから」

「歳というより経験のちがいみたい」

ワー、ワー
「松沼の兄やんが、ヒットを打たれましたね」

「ああ、変則ピッチャーのチャップリン」

「財前さん、あなたはいい先生になれる。話をよく聞いているよ」

6　小さな違いが大きな違い

新所沢駅の西口駅前には、白い裸体の三人の女神像が背中合わせに立っている。昭和三十五年に駅前広場に建設されたものだから、新所沢のシンボルといっていい。その女神噴水像は、ライオンの頭に守られ、その口から水があふれ出ている。

薮田は、待ちくたびれて、雑踏をぼんやり眺めていた。

女神像の頭や手にとまっていた鳩も、いつの間にか、どこかに飛んで行ってしまった。

何の連絡もなく人を待たせるなんて、蕪木らしいと思って、顔を上げると、蕪木が前に立っていた。

「なんだ、来ていたら声を掛ければいいのに」

薮田は、だるそうに、ベンチから立ち上がった。

「お待たせしました」

「普通は待っていると、嬉しいものだけど、予期もせず誘われて、時間が過ぎていくのは、虚しいものです」

「あら、ごめんなさい。私の時計が狂っていた」

「蕪木さんらしいご返答ですね」

「許してよ。おごるから」

「もういいです。行きましょう」

「行きましょうって、どこに」

「パルコの駐車場に」

「あっ、そう。新所沢のパルコって、できたばかりじゃない」

「パルコは駅前だし、きれいですよ。ついてきてください」

「はーい」

「学校で教える返事は、短く『はい』です」

「はい。……薮田さん、今日は厳しいのね」

「……」

「これカローラじゃない。平凡だけど、意外に、きれいにしてるじゃない」

「意外には、余計です」

「厳しい」

少し間をおいて、蕪木は、穏やかな声で言った。

「狭山の方に行ってくれますか」

「承知しました」

「他人行儀なんだから」

「他人でしょ、ぼくと蕪木さんとは」

「私は、友人だと思っているのにね」

「友人だったら、相手の気持ちを考えて話しますよね」

「私は、薮田さんの気持ちを考えていますよ。だから、話をしに来たんですから」

「私は、本当は話をするような間柄ではないと思うのですが」

「あなたが認めなくても、私が認めているんだから、期待されているのよ」

「蕪木さんが、認めれば正しい、という一方的な考え方は、上から目線ですね」

「どちらでもいいけど、私があなたに頼むのには、私なりに勇気が必要だったんですよ」

「蕪木さんにも広い心があるので、安心しました」

「私は、本当はやさしいんですよ」

「そうですか。私も考え方を改めます。ところで、踏切を渡って、ずいぶん走っていますが、このままでいいんですか」

「二つ目の信号を私の方に曲がって」

薮田の頭は、一瞬混乱を起こした。

「蕪木さんの家は、反対方向ですよ」

「何言っているのよ。私の方って言ったら、助手席の方でしょ」

「普通は左って言うでしょ」

「左とか右とかは、向いている方向で変わるじゃない。私のように言えば、どっちに曲がるのか迷わないので、一番いい方法よ」

「右とか左で誰でも分かりますよ。車じゃ、大体同じ方向を見ているのだから」

「そこの角をあんたの方に曲がって」

「えっ」

薮田は、いちいち頭を切り替えるのに、戸惑うのであった。

「あんた、運転しているのでしょ、運転手の方へ曲がればいいのよ」

「慣れないと分かりづらいです。普通は、進行方向へ向かって右とか左とか考えますよ」

「そうですかね。そういう考え方も、あるのかもしれないけど」

「そういう考え方が一般的です。蕪木さんは、運転免許持っているんですか」

「少し前ですが取りました。免許取りたてです」

「気になりますね」

「何が」

「いや、何でもありません」

「あっ、そこの喫茶店、そうあんたの方」

喫茶店は混んでいなかった。それでも、蕪木は、隅の方の人から離れた奥の席に座った。

「話って何ですか」

「あっ、お姉さん、紅茶二つお願いします。レモンティーで」

蕪木は薮田を無視して注文した。そして、振り返って、

「ちょっとクラスが軌道に乗らなくて」

薮田は蕪木の一方的な態度にムッとしたが、

「そんなことは、同じ学校の学年の先生とか、身近な人に相談すればいいじゃないですか」

「相談するほどのことではないんで」

「それで、尾瀬と戸狩スキー場で、たまたま会った私に相談するんですか」

「だから相談じゃなくて、何ですか、話を聞きたいんです。うまくいかないことがあるから、話を聞きたいんです」

「そういうのを普通相談というんですよ」

その時ウエイトレスが紅茶を持ってきた。

「お話中失礼します。紅茶をお持ちしました。ごゆっくりどうぞ」

ウエイトレスが去ると、

「言葉はどうでもいいから、話を聞いてほしいの」

「わざわざ来たんだから、聞きますけど、何で私なんですか」

「あんたは、私と正反対の性格だから。私は、正しいことは誰もがやるべきだと思っています。

でも、子どもたちは当たり前のことをしないです。席には着かないし、話は聞かないし、勝手なことばかり言ったり、やったりします。私は納得できません」

「私も、そういう態度は許しません。同じですよ」

「いや、あんたはスキーで、私とぶつかったとき、私が何度立ち上がろうとしてもできなかったのを見て、怒りもせず、立ち方を教えてくれた。私があんたに、できないと文句を言っても、見捨てないで、手を貸してくれた。それは私にはできないことなのよ。だから、あなたに訊きたいの。どうして無礼な相手に、親切なことができるのか」

「蕪木さんは、本当は相手に無礼だと分かっていたんですね。私は、困っているから、手を貸したのです。私自身は迷惑だったし、不愉快でした」

「そこが私には分からない。助けてくれたのは嬉しいけど、文句を言う人を助けたり、変なことを言っても、まともに答えてくる。私はそういう人を見ると、すぐに、からかいたくなる性格なんです」

「それでも、私に訊きに来たんですよね。先生が、子どもたちを本当によくなるように、考えてくれていると気が付けば、必ずまじめな子に戻ると思います」

「具体的にはどうすればいいんですか」

「たとえ授業が遅れても、話を聞いてあげて、約束事を決めていくことだと思います。一つ目は、チャイムが鳴ったら席に着き、学習の準備をすること。二つ目は、手を挙げて、指名されたら、発言すること。三つ目は、挨拶をすることくらいでいいと思います」

「そんなことは、当たり前のことじゃない」

「できていないことを見える化することが大切です」

「それでよくなるの」

「それは分かりません。追加で、先生は、理由を訊いてから注意するという約束も入れれば、約束は自分たちだけじゃないと納得するかもしれません」

「そのようなやり方で、うまくいくんですか」

「分かりません。でも、今よりかは良くなりますよ。最近、私が作った『みんなが笑顔の教室』という詩ですが、参考までに、どうぞ。私の理想の教室です」

と言って、蕪木に渡す。

「詩は短いから訴える力があるのね。ただ、そんなに力がぬけて、自由にしてもいいんですかね」

「力がぬけるというのは、リラックスです。蕪木さんは、無意識に相手を否定しているんですよ。蕪木さんは、子どもたちを信用していないんですよ。『信じ、待ち、許す』ですよ」

「何それ、信じ、待ち、許すって」

「『スクールウォーズ』というドラマで先生が言った言葉です」

「だから何なのよ。たかがドラマでしょ」

「ドラマといったって、人間の本質をついているから、人気があるんです。子どもたちには、直したり、成長したり、努力したりして、良くなっていく素直さがあります」

「最近の子は、そんな素直な子ばかりじゃないですよね。反抗したり、無視をしたり、いじわるしたり、いじめたりするんだから。大体からして子どもらしくないのよね」

「子どもらしいというのは、どういう子ですか」

「子どもというのは、本来素直で、やさしくって、穏やかなのよね」

「そんな子ばかり、いるわけはないでしょ。大人の世界を見たって、そんな仲良しクラブで、成り立っていないですから。大体からしていろいろな人がいるから、世の中は改革改善してきたんです。いろんな子がいるから面白いんですよ」

「反抗する子やいじめをする子が、面白いんですか」

「私だって反抗したり、いじめをしたりするような子は、嫌ですよ。でも、現象面は嫌ですけど、その子だって、何かしら理由があって、反抗したり、いじめをしたりしていると思います」

「どんな理由があるっていうの」

「たぶん、一番の理由は、その子の良さを先生が、あるいは親が、認めてくれないことに、原因があると思います」

「じゃあ、私に原因があるというんですか」

「私の拙い経験によると、先生が変われば、その子も変わります。先生がその子を良く見れば、周りの子も良く見ます。親もその子の良いところを見るように変わります。本当は、反抗やいじめをする子も、反抗やいじめをするのが嫌なんです」

「反抗する子が、いじめをするのが嫌なんて、変よね」

「反抗する子は、おそらく応援してくれる友だちがいるんですよ。音楽でいうとロックかな。でも、心の中では、正当に認められたいんです。先生が、その子の良さに目が向いていないんです。その子の良さを見つければ、腹を割って話し合えば、頭のいい子だから、必ず良くなります」

「簡単に言うけど、どこを解決の糸口にすればいいのよ」

「反抗的な子どもたちの話を聞いてあげることだと思います。そして、率直にクラスを良くしたい、先生の気持ちを伝えることです」

「それでもだめだったら、どうすればいいのよ」

「長い間に反抗という行動をとるようになったのだから、何度でも粘り強く話し合うことしか、私には分かりません。後は信じるんです。許すんです。待ってあげるんです」

「『信じ、待ち、許す』ね。みんなが笑顔の教室ね。分かったわ、とにかくやってみるわ」

「そう、やってみることです。小さな違いが大きな違いなんです。うまくいっても、いかなくても、連絡ください」

「貴重な時間ありがとうね。頑張ってみる」

「頑張って」

「じゃあ、悪いけど、また新所沢まで乗せてって」

「はい」

「悪いわね」

薮田は、失敗したと思った。つい本気になって、持論を述べてしまった。本当は、小西が教えてくれたように、選択肢を用意するはずだったんだが。

新所沢で蕪木を降ろして、少し進んで車を停車させて、蕪木が駅の階段を上って行くか確認した。後ろを見ると、何と女神噴水像で、板倉と待ち合わせしていたのだ。ちゃっかり立ち話をしている。スケジュールを立てて行動しているところは、さすがだと思った。

7　燕岳は自然の美術館

　石の階段を数段上ると、いきなり急登が始まる。合戦尾根は北アルプスの三大急登の一つである。ブナ立尾根、早月尾根を登っていた薮田は、急登は、適当に休憩を取らないと、ばてることを知っていた。

　合戦尾根を登り始めると、皆、自然に黙り込んでしまった。

　木々の間をジグザグに急傾斜が続く。この尾根は、展望が望めるような尾根とは違い、ただ登りが急で、木漏れ日も少ないような樹林帯である。転がっている石を落とさないように、浮石を踏まないように、むき出しになった根っこにつまずかないように、ひたすら上を目指す。

　山道が、緩やかになったところに、ベンチがあった。

　薮田は、尾瀬の燧裏林道で、蕪木が奥井と争って、ベンチに座ったことを思い出した。今日はさすがに、その元気がないのか、蕪木は、静かに他の五人と一緒に黙って座った。

　ザックを下ろすと、市田が一人立って、言った。

「やあ、きつかったね。皆さん、よく頑張りました」

「私、山は霧ヶ峰以来だから、もう大変でした。リーダーの市田さんがゆっくり歩いてくれたので、まだ頑張れます」

桃田が、はしゃいだ声で言った。

「桃田さん、ここはまだ第一ベンチですよ。はしゃぎすぎないでね」

蕪木らしい、皮肉を含んだ一言だった。

「蕪木さん、学級経営は大丈夫ですか。良いところを見つけ合いましょう」

薮田は、言いたくはなかったが、はっきりと言った。

「薮田さんは、そういうところには厳しいのね」

蕪木は、唇を尖らせて、すまなそうな顔になった。

「合戦小屋までで も、標高差900mあります。尾瀬の至仏山でも、標高差600mですから、第一ベンチ、二、三といって、富士見ベンチ、合戦小屋です。燕山荘までは、1100m以上登らなくてはなりません。ベンチでは休みますが、5分ほどですので、給水、行動食を適当に補給して下さい」

市田の説明で、チョコレートや飴といった行動食を、口に入れる者が出てきた。

5分という休憩は、思ったよりも短かった。

市田の出発の一声で、皆ザックを背負った。

晴れやかだった顔が、引き締まった。

山というところは、展望や花があってこそ楽しめるものだが、ミズナラやカラマツの森では、エンレイソウやバイカオウレンの白い花に出合うことも、まれであった。ひたすら次のベンチを頼りに、汗をかくのだった。

「山登りをしていると、辛いことも耐えられるし、自然にやる気が出ますよね。最近、子どもたちにも、山登りをさせればいいと思うんです」

財前が、汗を拭きながら言った。

「何でも経験です。経験値が高ければ、賢く育つんじゃないかな」

川北が、財前を振り返って言った。

「山というのは、エベレストとかマッターホルンとか危険が伴う山もありますが、今日のように純粋に楽しむだけの山は、誰とでも、仲良くなるので、いいわね」

桃田が、楽しむことに力点を置いて話した。

「蕪木さんは、山は趣味ですか」

薮田が、蕪木に訊いた。

「私は趣味よ。でも、楽しむだけ、出会いだとか感動だとか、そんなことは何もないし、考えてもいない」

「三条の滝をカレンダーじゃなくて、本物を見たんだから感動したでしょ」

薮田が、尾瀬を思い出して言った。

「薮田さんが、本物を見て感動したんじゃないの。私はすごいと思っただけよ」

「普通、すごいと思うことを感動というんじゃないですか」

「すごいは、すごいよ。感動じゃないわよ」

「それじゃあ、蕪木さんは感動したことがあるんですか」

「そうね、高校の時、ライバルに卓球で勝った時は、感動したな。私はライバルのような、気に食わない相手に勝つ時に感動するのかな」

「勝つ時だけですか」

「たぶん」

いつの間にか、薮田は、蕪木と並んで山を登っていた。

「もしかして、蕪木さんの判断基準は、勝ち負けですか」

「そうよ、でも、勝つためには、必要なことってあるわよね」

「それで、私に相談なんですか」

「でも、知り合いでしょ」

「もっと仲のいい人に訊けばいいでしょ」

「不思議ね。仲のいい人は、私に気を使ってか、私の訊きたいような話をしてくれないんだな」

「本当に仲のいい人なら、何でも話せると思いますがね。いい人なら何でも訊けるでしょ」

「いい人に本音でなんか訊けないわよ。そんなことをしたら、私の印象悪くなっちゃうじゃない」

「本音で何でも訊いたり、相談したり、質問したり、自由に会話ができる人が、いい人で、親友と呼べる人でしょ」

「どういうわけか私の友だちは、気はいいんだけど、本当のことを言ってくれないのよね。もう一つ言えるのは、回答が回答になっていないというか、頼りないのよ」

「私と蕪木さんは、仲がいいわけではないですよね」

「そうね。どちらかというと気が合わないわね」

「じゃあ、なぜ、私に相談するんですか」

「あのね、好きな人には訊けるけど、答えがもらえないっていうことがあるのよ。好きじゃないんだけど、訊けば、良い回答が聞けるっていう人もいるのよね」

「ずいぶん虫のいい話ですね。蕪木さんが相手にしているのは、私本人なんですよ。良く思っていない人に時間を取って、蕪木さんが知りたいことを訊くというのは、失礼ではないですか」

「知りたいんだから訊くのよ」

「おおーい、そこの仲のいいお二人さん、ずいぶん遅れているよ」

川北の大きな声で、二人は我に返った。

全体に追いついた所が、第二ベンチだった。それほど遅れていなかったが、すっかり急登を登っていることを忘れていた。疲れも感じていなかった。

「二人は、仲がいいね、何を熱心に話していたんだね」

市田が、ニヤニヤして、二人を見て言った。

「別に大した話ではありません」

薮田が、腰かけたベンチの席をずらして空けた。

「大事な話よ」

蕪木が、薮田にすり寄った。

「意味深な話ですね。合戦尾根では、30分ほど休憩を取りますので、その時に話の続きをどうぞ」

市田が、またニヤニヤした。

財前が、不思議そうな目で二人を見ている。

桃田は、疲れが出たのか、ザックを抱えて、頬をザックに乗せて、二人を無表情に見ていた。

川北は、終始笑いをこらえていた。

給水を取って、行動食を口にすると、出発の合図があったので、皆ザックを背負った。

薮田は、蕪木から間を置き、財前の方に近づいた。

「財前さん、一年生に慣れてきましたか」

「ええ、幼稚園の子みたいだった子も、学校に慣れて、生活様式が身に付いてきたので、手がかからなくなったわ」

「そうでしょう。子どもたちが、学校の動きのパターンが分かって、落ち着いてくると、個々の子に目がいくので、一人ひとりの課題が見えてくるものですよ」

「よく話しかけてくる子は、長所も短所も分かるんですけど、口数の少ない子もいるし、訊いたことにしか答えない子もいるので、まだまだね。安心して見ていられるけど、一人ひとりを指導して伸ばすのは、難しいのよね」

「どこの学年を持っても、個々の指導は難しいものですね」

「何を押さえれば、学級経営はうまくできるのでしょうか」

「子どもたちの気持ちを真剣に聞いてあげるだけでいいんじゃないかな」

「信頼関係って、どうしたらできるのかしら」

「誰でも好きなことが一つくらいあると思うけど、そこを大切にしてあげることだと思う。でも、元気な子は、何が好きかという傾向が分かるけど、おとなしい子は分かりづらいんだね。とにかく授業で、子どもたちと付き合っているんだから、まずは授業に感動があることだと思う」

「授業に感動があるってどういうこと」

「楽しく授業をやることだと思う。うまい授業よりも、先生と子どもたちが楽しく会話ができるような授業。そして、子どもたちが考える場面があるといいな。どうして、なぜって考えて、分かると面白くなる。授業に限らずに、教育には、感動が必要だと思うな」

「教育には、感動が必要」

「感動できる子は伸びるからね」

「感動ができると、成長できるのね」

「プロ野球でも、プロサッカーでも、子どもたちは、上手な選手に憧れる。自分もそういう選手になりたいと。『好きこそ物の上手なれ』って、諺もあるよね」

「好きになるように考えを変えること」

「そう、好きになれば、目標を持って練習をする。練習するのが当たり前になれば、工夫をするようになる。上手になれば、一流の仲間と出会える。そして人生が変わってくる」

「でも、好きになることも難しいのよね」

「何でも、きっかけが大事だよ」

「感動とか、チャンスや動機ってことかしら」

「先生ができることは、コミュニケーションだな。人間関係だよ。楽しめる、感動できる、失敗ができる、そういう雰囲気づくりかな」

「この間の詩のように。いい関係を作るのは、大変ですよね。子どもたちとのいい関係って、どんな関係なのかな」

財前は、次から次に、薮田に質問をするのだった。

「今、財前さんとぼくが自由に話していますでしょ、このことが普通にできればいいんですよ。意外と思ったことを話すことは難しいんです。さっき、蕪木さんと話していましたけど、話が空回りして、コミュニケーションが取れていませんでした」

「お二人で、あれほど長く話されていたのに、コミュニケーションが取れなかったんですか」

「話に大きな違いはないのですが、人間関係が、できているとは思いません。一方が理解しようとしても、もう一方の方が理解しようとしなければ、コミュニケーションは、取れません」

「大人のコミュニケーションの方が、難しいんですか」

「子どもは、表現力が身に付いていないだけで、吸収する力が強いですから、それに、どんな子でも、大人に比べれば素直ですよ。認めてあげれば、頑張りますから」

「おおーい、遅いぞ。第三ベンチが見えたぞ」

市田の声がこだました。

合戦尾根は、きついけれど、ベンチがあって、適当に休めるからいい。皆、元気そうに見える。

「薮田さんは、誰と話しても、お話ができるんですね」

薮田の隣に座った桃田が、話しかけてきた。

「みんな先生ですから、学校の話が多いですけどね」

「学校の話って、どんなことを話すんですか」

「自分のクラスのことですよ」

「みなさん、それぞれ悩みがあるんですか」

「忙しい学校だから、授業のやりくりや生徒指導上の悩みがあるようですね」

右隣で、財前が、耳を傾けていた。

「薮田さんは、どんな悩みがあるんですか」

「そうですね。転校生の男の子が、ある子と小競り合いが多いんですよ。ぼくは、どちらの子も好きだし、問題があるようには思えないんですけど、犬猿の仲という感じで、解決しませんし」

「どのようにすれば仲が良くなるんでしょうね」

「それが分かれば、とうに解決しています。みんなが、みんな仲良くなるわけではないですね。生まれも、育ちも、個性も違いますから、それでいいんです。みんなが、ピッチャーじゃ野球はできないし、みんなが、フォワードでは、守りが弱い。それぞれが、それぞれのポジションで活躍するから強くなるし、仲間意識や信頼関係ができるのかな」

合戦小屋に歩き出してから、今度は市田が話しかけてきた。

「薮田さん、今日は楽しそうですね」

「山はいつも楽しいですよ。天気がよければ」

「山登りよりも、会話を楽しんでいるんじゃないかな」

「山登りの楽しみは、高山植物と会話、思いがけない出会いと山の展望ですよ」

「それじゃあ、もっと写真を撮らなくちゃいかんね。思い出を」

「写真は合戦小屋からです。今までは絵にはなりませんので」

「そうだな。合戦小屋では、集合写真を撮っておこう」

「市田さんは、集合写真が好きですからね」

「誤解されちゃあ困るね。私が、写真を撮るのには意味があるんだな」

「写真に意味があるんですか」

「実はね、私は、学級経営に失敗したことがあってね。高学年だった。今、思い出すと、叱ってばかりいてね。子どもたちが、おとなしくなって」

「私も同じ経験をしました。二年前ですけど」

「いや、夏休みに一学期の子どもたちの写真を整理していた時なんだけど、遠足などで、みんないい顔して、楽しそうに写っているんだ。ところが夏休みに入る前の七夕集会の写真を見ると、笑顔がほとんどない。私はびっくりしたね。二学期からは、できるだけ褒めるようにした。とにかく子どもたちに自信が持てるように、考えさせる指導に変えていったら、クラスが良くなったんだ」

「そんなに早く、子どもたちが変わったんですか」

「うん、変わった。というより、元に戻ったんだよ」

「すごいな。夏休みで気がついて、二学期にはクラスを変えちゃうんだから」

「そのヒントが写真なんだよ。写真は、うそをつかない。何度見ても思い出になるような写真を撮らなくてはならない。それからは、写真は笑顔が一番、いい表情を撮ろうと決めた」

「素晴らしい。今から写真は市田さんの考え方で撮るようにします。大変勉強になりました。ありがとうございました」

　薮田は、目から鱗が落ちた思いがした。

　山は、ゆったりと時が流れていく。人が周りにいなければ、自然の営みは悠久の世界を感じさせてくれるものである。

　自然に伝わる悠久の世界と、人の住む社会で、疲れながらも、勉強を教えていく自分を考えた時に、山という動かない存在が大きくなっていくのであった。

　合戦小屋は、テント場はあるが、泊まれない。早朝出発しているので、腹が減るころにある山小屋である。何と言ってもスイカを食べられるのが楽しみでもある。

「いやあ、お疲れさん、この辺に陣取りますか」

　市田が、皆を誘った。

「よっこらしょっと」

　歳が一番若い桃田が、一番先にベンチに座った。

「ああ、足が棒になって、つりそう」

「桃田さん、足がつりそうなときは、塩分補給です。うどんを食べれば治りますよ」

薮田が、丹沢の大倉尾根の経験から話した。

それを聞いた市田が、

「じゃあ、みなさん、個々に頼むのは小屋の人も面倒だから、山菜うどんでいいですね」

「お願いします」

と桃田。

「わがまま言いたいけど、合わせるわ」

と蕪木。

「お任せします」

と薮田。

後の二人が、

「一緒です」

「それでは、私が頼んできます。代金は立て替えておきますので、後で、みなさんからいただきます」

「ここはスイカが名物だから、スイカも頼みます」

川北が、市田に歩み寄って言った。

「スイカを食べたい人は」

市田が言うと、全員が手を挙げた。

財前が、すぐ立ち上がって、市田について行く。すると、慌てて桃田が、足を引きずりながら続いた。薮田も気がついて、後を追いかけた。

「さあ、お待たせしました。温かいうどんですよ」

桃田が、一番食べたそうな顔で、うどんを届けた。

「お待たせ、山は冷えるから、来た順に食べてください」

薮田が、２３５０ｍの標高を考えて、冷めないように気を使った。

四阿山が、２３５４ｍ、高妻山が、２３５３ｍだから、合戦小屋は十分高い山である。山という名前が付かなくとも、標高が何メートルの所にいるかは、常に考えに入れておかなければならない。

財前と市田が、スイカを持ってきた。皆が座っている中央付近のテーブルに、そのお盆を置いた。

「多少、大きさや形に違いがありますが、早いもの順で、お願いします。この形は変えようがないので」

市田が、そう言い終えると、テーブルに置いてあった、うどんを持ち上げ、割り箸を取った。

「自然の中で食べるうどんは、うまいね」

市田の顔がほころんだ。

「空気もうまい」

と川北が、うどんを食べるのを後にして、スイカを一口食べた。

「自然の中でみんなと食べると、それだけで和むわね」

と桃田。

「桃田さん、うまい。座布団一枚」

市田が褒めた。

「この一杯で、水分、塩分、栄養分が取れるんですね」

蕪木が、ぼそっと言った。

「今言ったのは誰ですか。座布団三枚」

市田が、さらに大きな声で言った。

「すみません、温かい雰囲気に理論的なことで、冷や水をさして」

「蕪木さんでしたか。いやあ、その通りですよ。体力を回復、出ていったものは補給しなければならない」

市田は、褒めちぎった。何となく、皆の中で、浮いていた蕪木が、めずらしく気の利いたことを言ったので、盛り上げようとした。

「さあさあ、みなさん、水分補給に、スイカをどうぞ。何の変哲もないどこにでもある、ただのスイカですが。どうぞ召し上がってください。ただのスイカでも、自分持ちですので、ご勘弁を」

落語の好きな市田は、調子に乗って、落語調で盛り上げた。

「うまーい。同じようなスイカでも、食べる所と食べる人たちで、百倍も味がある」

薮田も、テンションが上がって、その場を盛り上げた。

「合戦小屋から稜線に出るので、展望がよくなりますよ」

市田が、自信ありげに言った。

「地図を見ると、合戦沢の頭というところがありますね」

川北が、地図を広げてスイカを食べながら言った。

「この先からアルプスらしい景色が出てくるんですね」

財前の勇む気持ちが言葉になった。

「登ってきてよかったです」

蕪木も素直に喜んだ。

「今までは授業よね。これからは自由時間って感じ。フフフ、私、子どもたちの気持ちわかるな」

桃田が、すっかりリラックスして言った。

「桃田さん、授業で力が付くんですよ。努力したから見られる世界があるんです。ここまで頑張ってきたことを大事にしなければ」

川北が、桃田の気を引き締めた。

桃田が首をすくめた。

「さあ、そろそろ行きましょう」

市田が立ち上がった。

休憩を十分にとった一行は、元気を取り戻した。

もう樹林帯とは言えないところに出てきた。左右に山がちらほら見え始めた。景色は、全く北アルプスである。

少し広い鞍部に出た。合戦沢の頭である。

「ここで写真を撮りましょう。今まで、中房温泉入口のトイレ前と、合戦小屋でしか、みなさんで写真を撮っていません。この美しいバックで、一枚みんなで撮りましょう。それからは、自由に景色を撮ってください」

すぐに、市田は、後から登ってきた中年の男性にカメラを渡し、写真を頼んだ。

「みなさん、もっと、くっついて、顔を大きく撮らないと、あのすみませんが、足は入れないでいいですから、顔がはっきり写るようにお願いします、足はみなさん短いので」

市田が、こう言うと、皆が、クスクス笑った。

「シャッター」

パシャ

「オッケー、もう一枚、みなさんポーズを考えて……シャッターチャンス……ありがとうございました」

市田は、男性にお礼を言って、

「5分間、写真休憩にします」

と風景や花を撮り始めた。

合戦沢の頭は、白っぽい黄土色の砂地に見えた。

高い木もなく、見晴らしがいい。笹とハイマツが出てくると、高山に来た印象がある。よく見るとダケカンバもあり、アルプスの雰囲気の中にいることが分かるのだった。

「子どもの頃は、青い山脈に憧れたけれども、今は、斑の山脈が一番いいな。花崗岩の白や残雪の白が斑に残っていると、アルプスに来た喜びが、心から湧き上がって来るよ」

薮田は、大きく深呼吸した。

いつの間にか、皆ベンチに座っていた。

「もう急登はないよ。のんびりしよう。あそこに燕岳が見えている。残雪もあるが、花崗岩の素晴らしい山だ」

薮田は、市田の指さす方に、小さく三角に突き出た、白い斑と緑の山を発見した。

「あそこまで行くんですね。まだまだなのね」

桃田が、ため息をついて言った。

「山は、ほかの山が重なっていなければ、見えたら意外と早く着くものですよ」

川北が、足を組んで、ペットボトルの水で濡らしたタオルで汗を拭いた。

「もう十分に休めましたか。燕山荘まではあと一息ですから」

立ち上がった市田の一声で出発した。

目的地の見えない樹林帯とは違い、明るく見晴らしのいい尾根歩きに変わって、一行の歩きが軽やかになった。

目当てのあるなしで変わるのは、教育も同じである。見えるような目標をいかに提示できるかが大切である。

何かが飛んできた。しかし、草の茂みに入ってしまった。

「カヤクグリがいますよ」

薮田がしゃがんで言った。

「どこですか」

川北は、鳥に詳しいので、茂みの近くにやってきた。

「ここです。茂みの中を飛び跳ねています」

「めずらしいね。やはりカヤクグリらしい。薮の中に、すぐに隠れてしまう。薮田さんも隠れないで下さいよ」

「私は、名前だけですから、逃げも隠れもしませんよ」

「分かりましたか」

「そんなダジャレ分かりますよ」

灌木が多くなると、岩が露出している所がある。そういった所には、高山植物が多い。ミヤマキンポウゲ、チングルマ、アオノツガザクラ、シナノキンバイなど、背丈の低いものが多かった。

「ぼくが思うに、チングルマが咲く所は、景色がいいんだな」

薮田が、体験から持論を述べた。

「景色のいい所は、チングルマが多いことはないですか」

川北が、例によってわざと訊いてきた。

「それはまず、ないですね。大体からして、チングルマは、雪解けの短い時期にしか、花はないですから」

「この緑色の小さな花は何ですか」

財前が、薮田に質問した。

「黄緑色なんですが、アオノツガザクラと言います。日本では、緑に近い色でも、青と言うことがあります。信号も、緑色に近いけど青信号です」

「そういえば、アオバトも緑がかっていますね」

鳥の好きな川北が、連想した。

「財前さん、アオノツガザクラとチングルマは、近くにあることが多いですから、どちらかがあったら、もう一つの花を探してみてください」

薮田は、どちらの花も好きなので、いつの日か二つの花が、赤い糸で結ばれるような気がしてきたのだった。

お花ばかりに見とれていたら、青空にくっきりと剱岳が見えていた。山間に控えている剱岳は、山の横綱のような堂々たるものである。雲でよく見えないが、立山と別山が見えるはずである。もし見えれば、立山連峰の三役揃い踏みになる。燕岳からは見えるような気がした。

「燕山荘と燕岳が見えましたよ」

先頭を歩いていた市田が叫んだ。

花や左右の山に気を取られていた連中が、正面を見た。

確かに屋根と庇の赤い燕山荘の右に、燕岳の緑と白の斑の姿が現れていた。

一歩一歩近づくにつれて、土が白みがかって、砂地になってきた。ミヤマキンバイ、ミヤマハンショウヅル、イワカガミ、ハクサンフウロなどのお花畑を楽しんで、階段を上ると、燕山荘に着いた。

燕山荘で宿泊の手続きをして、荷物を置くと、皆、燕山荘前の稜線に集まった。

「北アルプスでは、大概、槍ヶ岳がランドマークなのよね」

蕪木が第一声を発した。

「あれが有名な槍ヶ岳です」

薮田が指をさした。

「槍の位置を確かめて、左に奥穂高岳、前穂高岳へと槍穂高連峰を目で追いかける」

川北が続けた。

「槍ヶ岳からずうっと右の方を見ていくと、台形の立山と三角形の剱岳が見える」

市田が、指をずうっと、右にゆっくり動かして、さらに付け加えた。

「立山、別山、剱岳などを立山連峰と呼ぶんだよ」

薮田が説明した。

「立山と剱岳と槍ヶ岳は、分かったんですけど、すぐに、忘れてしまうんです」

財前が、申し訳なさそうに言った。

「私、最初の槍ヶ岳がわからないんですけど」

桃田が言うと、他の説明者が、双六で、ふりだしに戻ったようなため息をついた。

「だって私、アルプスのような高い山、初めてなんですもの」

動揺もしないで、当然という顔をしている桃田に、開いた口がふさがらなかった。

「桃田さんには、薮田さんが日ごろから、教えるとして、空身で燕岳に登りましょう」

市田が、先導して、歩き始めた。

「この山って、真っ白なのね」

桃田が、感動を口にした。思ったことを口に出してしまうところは、素直で、桃田のいいところである。ただ、周りの空気が読めないので、時には呆気にとられることもあるのだ。

「まだ、コマクサが数えるほどしか咲いていませんね」

市田が、極小さなコマクサを接写した。

「市田さん、腰を抜かすところはどこですか」

薮田は、登山口で市田が「早起きなど無理をしても、頂上には腰を抜かすほどびっくりするところがある」と言ったことを思い出した。

「ここではないですね。もう少し行くと、見つかるかもしれない」

「見つけにくいんですか」

薮田が目標ができたので訊いた。

「いや、行きには、見過ごす人もいるらしい。というものの私も二度目なので、自信があるわけではないですね。帰りなら、誰でもはっきりわかる。そういう場所が二カ所ありますよ」

「何かゲームの問題みたいですね」

桃田が嬉しそうに言った。

「そう、みんなで探してみるのも楽しみですね」

川北も乗り気になってきた。

「本当にここに来たことがあるのは、市田さんだけだから、ハンデなしですね」

薮田が、宝さがしみたいに乗ってきた。

「私も頑張ろうっと、山の体験が少なくても、最初に見つけられるかもしれない」

桃田は、ハンデなしという話に、意欲が湧いた。

「白砂にかわいいコマクサが一つ咲いているわよ」

蕪木がしゃがんで言った。

「ここは奇岩が多いですね」

川北が、花には興味を示さずに花崗岩の岩に注目した。

「この岩も何かに見えるかもしれないわ」

財前が、想像し始めた。

「何か、尖っているのが多いけど、何かわからない。悔しいけど」

蕪木が、額にしわを寄せて、真剣に考えていた。

「上を向いていて、アザラシがたくさん海から這い上がってきたみたいに見えるけど、特に感動するものでもないですね」

川北が言った。

「もう、そこが頂上ですよ」

市田が言った。

「燕岳には標柱がないんだ」

薮田が拍子抜けした。

「ここは全体が花崗岩だから、標柱が立てられないんですよ。燕岳と、そこの岩に彫ってある」

市田が言いかけると、

「楕円の板にも、燕岳って」

蕪木が言いかけると、他の皆が一斉に、

「書いてある」

と続けた。

「向こうにもう一つ山が見えますが、あれは北燕岳です。さあ、もう一度、槍ヶ岳などの山々を堪能してください」

「槍ヶ岳って、山の中で、一番わかりやすいのね」

財前が、薮田に訊いた。

「そういう特徴のある目標をランドマークって言うんですよ」

薮田が説明した。と同時に、桃田を呼んだ。

「桃田さん、ぼくが指さすところを見てください。あの尖っている山が、槍ヶ岳ですよ」

「今度は、分かったわ。さっき私が見ようとしたら、違う山の説明にいったから分からなくなったのよ」

「そうでしたか、今度はしっかり覚えてくださいね。他の山を見つけるランドマークになりますから」

「山の中にいると、全部自然って感じで、いいわね」

財前が、深呼吸をした。

「山は静かね」

桃田が目を閉じた。「こだまって、どんなところで聞こえるのかしら」

「ねえ、今度、こだまが聞こえる所に連れて行って」

財前が、薮田に甘えた声で頼んだ。

「いいですよ。楽しみができました」

薮田が笑顔で言った。

「ああ、私も、静かな所でこだまを聞いてみたいわ」

桃田が追いかけるように言った。

「行きましょう。那須岳、日光白根山に絶好の場所がありますよ。あそこで聞くこだまは、山に吸い込まれていくようで、気持ちがいいですから」

薮田は、思い出すかのように、うっとりした顔になった。

「みなさん、集合してください」

市田の声がした。

「もう少し、のんびりしたいんですけど」

桃田が、つまらなそうに言った。

「ここにいるよりも、のんびり下っていくことが、この山の楽しみ方です。みなさん、眼下を見て、何か気がつきませんか」

「ゲームの続きですか」

薮田が訊いた。

「そうです。行きには花を見たり、眺望を楽しんだりして、見損なってしまったものが、ここからなら、見えているかもしれません」

「ということは見えているんですね」

蕪木が呟いた。

「その通りです。何かに気がつくはずです」

「オットセイがいっぱいいると言ったけど、右下のあそこのやつは、目立っていますね」

と川北が指をさした。

「どこですか」

桃田が川北のすぐそばに近寄った。

「ああ、あれですね。オットセイというよりか、イルカに似ているわ」

「一つ目は、見つかりました」

「まだあるんですか」

蕪木が目の色を変えた。勝気な性格が出ている。

「近くでなければ、気がつかないかもしれないですね」

市田が歩き始めた。皆が後に続く。

岩と岩の間を縫うように、のんびり下っていく。

「私が知らない芸術作品があるかもしれないので、何かに似ている岩があったら、すぐに教えてください」

「これカバに見えないですか」

薮田が、市田に訊いた。

「考えすぎかもしれませんね」

と市田。

「それがカバじゃ、これもカバの子どもね」

と蕪木が、例によって、皮肉を言う。

「とりあえず想像することから、芸術は生まれたのよね」

財前が、薮田をかばった。

「ここにあるものは、数年後あるいは数十年後に、作品になるものがありそうですね」

川北が推論した。

皮肉を言ったつもりが、正論で返されたので、蕪木は、苦虫をかみ潰したような顔になった。

「この岩って、豚に見えないかしら」

桃田が、すべすべした岩をなでながら言った。

「体つきは、そういう雰囲気はあるけど、顔が似てないな。誰かが悪戯をして、耳と鼻を作れば、豚になるけど」

薮田が柔らかく否定した。

「みなさん、通過しそうなので、こっちを見てください」

市田が、皆の注意を集めた。

「これはゲートですか」

川北が訊いた。

「そういう名前はついていません」

市田が答えた。

「動物ばかり探していたわ」

桃田が、残念そうに言った。

「集中力はあるけど、発想も大事ですよ」

市田が注文を付けた。

「穴が二つあるのね」

蕪木が言った。

「目が二つ」

と薮田。

「二つの目でも穴が、あっ、めがね」

と財前が叫んだ。

「その通り、めがね岩でした」

市田が拍手した。

「みんなで考えると、わかることって、あるんですね。まさに発想の転換だ」

薮田が、うなずきながら呟いた。市田が薮田の後を受けて言った。

「川北さんが、オットセイたちを見つけて、桃田さんがイルカと判断した。蕪木さんの穴二つから、薮田さんの目が二つ、そして財前さんが、めがねと言い当てた。私たちは、チームワークが、いいね」

ここは、めがね岩と槍ヶ岳をカメラで撮るには、いい所だった。

「ここで写真を撮りましょう。まずは並んで、ポーズを考えて」

と言いながら、市田は例によって、近くの女性に写真を頼んでいた。

「次は一人ずつポーズをつけて。ここは脆そうなので、静かに登ってください。将来はこの芸術作品は、登ることができなくなるかもしれません。それからポーズの前に、記念に、めがねから槍を見てください」

思い思いにポーズを決めながら、写真を撮り終えた。

市田が、カメラマンの女性三人の写真を撮り終える間、皆で別の作品を探していた。

とうとうイルカ岩にやってきた。

「こんなに分かりやすいのに気がつかないなんて」

桃田が、不思議そうに言った。

「誰かがこの辺で、コマクサがあったとか、言わなかったかしら」

財前が思い出した。

「すみません、私でした」

めずらしく、蕪木が自分から名乗り出た。

「こっちから見ると、目もあるし、すごくわかりやすいけど、反対からだと、地味よね」

桃田が、反対側に回って言った。

イルカ岩は、他の名前は、絶対に付けられないほど、そっくりである。あたかも芸術家が作ったように見えてしまうのである。

そして、イルカ岩と槍ヶ岳をセットで写真を撮ることができるのだ。

「ここも、フォトスポットだよ。ロープを越えないように」

市田が注意した。

「オーノー、ロープロープ」

川北が、プロレスの真似をしてロープに寄りかかって、片手を振った。

「川北さん、フレッド・ブラッシーの真似はやめてくださいね」

市田は、注意しながら笑っていた。プロレス全盛期を二人は知っているのだ。

「市田さん、ブラッシーは、リング外では紳士なので、ご安心ください」

川北も、苦笑いしながら言った。

「あそこを見て」

蕪木が、手招きをして、やや興奮気味に言った。

皆が、蕪木が指さす方を見ると、

「ウサギ、ウサギ見つけた」

と力んだ声で言った。

「確かに、草むらから、白砂へ出ようとしているウサギに見えますね」

市田が、素直に認めた。

「耳が二つ、目も二つあるわ。ウサギよ」

桃田も、興奮して言った。

予定外のことが起こると、誰しも興奮するものである。四つん這いになったウサギが、こっちに歩いてくる恰好をしているのだ。

「右に枕のような石が、少しずれて重なっているわ。その前には、その半分にも満たない同じような石が、二つの石の前にある。それらは、まるでウサギの赤ちゃんね」

財前も、あまりにもウサギにそっくりな岩に驚いていた。

「これは大発見かもしれないですよ」

川北が、新発見説を唱えた。

「実は、奇岩の種類を調べてきたんですが、ゴリラ岩はあるけど、ウサギ岩はなかったな」

市田も、ウサギ岩は、初めて知ったのだった。

「イルカ岩に、めがね岩、それにウサギ岩、このゴツゴツしない、白くて、すべすべした山容は、やはり北アルプスの女王だね。それにこれだけの自然の作品があるのだから、燕岳は自然の美術館だよ」

「薮田さん、なかなかうまいこと言うじゃないか」

市田が褒めてくれた。

「でも、今回のウサギ岩の発見は、蕪木さんだ。おめでとう」

薮田は、この時だけは、蕪木を称賛しないわけにはいかなかった。

「たまにはいいこと言うのね」

蕪木が、ぼそっと言った。

「本当に、たまになんです」

薮田は頭をかいた。

「まあ、いいことね。その代わり今晩は、話を聞くのよ」

蕪木が、不敵な顔になった。

「この間の」

薮田は、少し嫌な顔をした。

「そう」

「二人だけがわかる会話ですね。登り甲斐があったわけですね」

市田が笑みを浮かべた。

「いえ、一方的で」

薮田は、右手のひらを顔の前で、横に振った。

「楽しみね」

蕪木は満足そうに笑った。

「さて、大発見を土産に、燕山荘に戻りましょう」

市田は、話にけじめをつけた。そして、燕山荘の右前方を指さして、

「あれが燕山荘の脇に腰かけているゴリラ岩だよ。燕岳に見とれて、行きには気がつかなかったでしょ」

「あのゴリラは、槍ヶ岳を見ているんだね。ぼくたちみたいに寛いでいるように見える」

藪田は、自分も横になって槍ヶ岳を見たくなった。

「ゴリラ岩と槍を一緒に撮れる場所で、明日は写真を撮りましょう」

そう言うと、燕山荘に向かって市田は歩き出した。

燕山荘は、北アルプスの中でも人気の山荘である。

一つ目は、何といっても食事である。

「今日は、みなさん、お疲れ様です。合戦尾根は長かったけど、自然の芸術に触れて、リフレッシュできたのではないでしょうか。お疲れついでに、一言今日の感想を頂戴いたします。順不同でどうぞ」

市田が、初めに挨拶をした。

「市田さんや川北さんのペース配分がよかったので、私のような初心者でも、落伍しないで、登りきることができました。イルカ岩を見つけたし、ありがとうございました」

桃田が、安心して登ることができたお礼を述べた。

「登りの苦労を思えば、私には、頂上は天国でした。自然の美術館に感謝です」

藪田が手短に、頂上の素晴らしさを語った。

「私は疲れ切ってしまい、いつ転ぶか心配でした。頂上では展望の素晴らしさと、自然の芸術作品に腰を抜かしそうになりましたが、どちらでも、転倒しなかったので、よかったです」

蕪木が、転ばずに自然のよさを満喫できたことを述べた。

「私は、自分一人では、今日のような急登は登れないと思いました。でも、リーダーや仲間の頑張りに勇気を貰い、予定通り登ることができました。みなさんに感謝します」

財前が、皆にお礼を述べた。

「結構きつい山でした。スポーツでは、ベンチに座ってばかりいるのは、出番がなくて、よくないですが、今日のベンチはありがたかった。頂上では、心の中で、井上陽水の『夢の中へ』を歌っていましたが、一つも探せませんでした。新発見の蕪木さんには、びっくり仰天しました」

川北が、ベンチや蕪木の意外な一面に感心していた。

「みなさんは、山に登ることで、克己心を身に付けたと存じます。このことによって、これからの仕事や人生において、苦しい事があっても、負けずに乗り越えて行けると、確信しております。では、お酒のかわりに『お茶』で乾杯といたしましょう。乾杯」

市田の音頭で、

「乾杯」

「堅苦しいことはやめて、無礼講で行きましょう」

市田が、相好を崩して、おいしそうにお茶を飲んだ。

「山小屋で、チーズハンバーグが食べられるとは、嬉しいですね。おかずの品数も豊富で、サラダやデザートもついている。疲労回復、それに熟睡できそうです」

「薮田さん、もう寝ることを考えているんですか」

燕木が、何か意味深なことを言った。

「この後に、特別に山小屋のご主人のお話と、アルペンホルンの生演奏があるし、クラシック音楽が静かに流れているし、今日の思い出ときれいな音楽を聴けば、安眠できますよ」

「薮田さん、私の話もあるのよ」

「それ、明日でいいでしょ。御来光の後とか、荷物整理の時とか」

「何か、ついでにという感じね」

「それはそうでしょう。みんな山に登りに来ているんだから」

「堅い話はしないように言いましたよね。リラックス、楽しみましょう」

市田が助けてくれた。

山小屋の主人の話は、登山を始めたきっかけとか、ヨーロッパアルプスの話とか、山小屋を経営するに至る話とか、具体的で面白かった。

最後に、小屋の主人の、習い覚えたアルペンホルンの演奏になった。

まず、その大きさに驚いた。何でも音を出すだけでも、肺活量がいるそうだ。唇や舌の使い方も、難しそうで、体の調子の悪いときは、アルペンホルンは披露しないそうである。

頬を膨らまし、顔をやや赤くして、短いフレーズをいくつか演奏してくれた。イメージはロッテのガーナチョコレートのアルペンホルンのコマーシャルだが、ボリュームはかなり大きい。

「私、初めて日本アルプスに登ったのね」

アルペンホルンに感動した桃田が、嬉しそうに言った。

「私は登り始めの頃、ブーンという音を聞いた時、リフトでもあるのかと喜んだけど、結局、あれなんだったの」

蕪木が、唐突に訊いた。

「あれは、合戦小屋まで、荷揚げをする、荷揚げ専門のリフトですよ。そのおかげで、スイカが食べられるんだから嬉しいじゃないですか」

市田がリフトの説明をした。

「私の知る限り、山小屋でスイカが食べられるところは、他にないですね」

川北が、満足した顔で言った。

「私は、今でもイルカ岩が自然にできたものとは思えないわ。親イルカが口を開けて何か食べているみたいに見えたわ。それに、頂上から下りてきたら、左脇に、四頭くらいの子イルカを従えているように見えたのよ」

財前は、イルカ岩の感動を伝えた。

「私は、めがね岩が面白かったですね。私は昔から高いところが好きで、あの上に上って、槍ヶ岳を覗いたのを幸運に思っています。きっと、いつか崩れそうなので、めがね岩には登れなくなりますよ」

川北が、めがね岩の経験に満足していた。

「私は、ウサギ岩を偶然発見したのがラッキーでした。何かを作ることは、苦手な私ですが、新しい発見は、私でも運がよければできるんですね」

勝ち負けにこだわる蕪木が、謙虚に言った。

「運も何かをやらなければ貰えないし、見つけられませんね。とにかく楽しんでやってみることです」

薮田は、自分の体験を振り返って言った。

「薮田さん、御来光の後、話の続き約束ね」

蕪木が、さっきの話を持ち出した。

「朝なら、いいですよ」

薮田はそっけなく答えた。

翌日も、天気はよかった。

薮田は、モルゲンロートを見るために早起きをした。

燕山荘を出て右に行くと、敷地の柵がある。柵から東の空を見る。東の空は、瑠璃色に染まり、雲海が日の出を待っているようだった。次第に、夜空が朝日でオレンジに染められ、地平線から湧き立つ雲海に、ジュータンを敷き詰めたように光の層をつくる。その光は、雲の上を波があっという間に広がるように打ち寄せて来る。そうして空をゆっくりとスカイブルーに変えていく。その時、光の球は頭を出して輝く。まだ、金に光る球体をしっかり見ることができる。ところが、光の橋が近づき、ダイヤモンドのように輝きだすと、瞬く間にその球体は、爆発をしたように煌々と光り、もう凝視することはできない。

「御来光は、見るというより、感じるものですね」

薮田が、財前に話しかけた。

「そうね。今日もありがとうっていう感じね」

「山の朝は、いつでも寒さを感じるけど、日が昇ると、気温がどんどん上昇するのを肌で感じますね。存在感っていうのは、太陽のように、黙っていても、ありがたく感じるものなんですね」

「存在感がある人って、どういう人かしら」

「よくはわからないけど、憧れる人、尊敬する人、影響を受ける人、頼りになる人かな」

「具体的にはどんな人」

「スポーツや政財界で有名な人、人々のために役に立ち、自分もそのような人になりたいと思う人かな。子どもたちに訊けば、名前はすぐに答えるでしょう。答えられない子でも、お母さん、お父さんなど身近な人をあげるでしょうね」

「慕われる人、ありがたいと思える人になれることが、太陽のような人なのね」

「そばにいても、当たり前だけど、いてくれないと、困る人、そういう人がたくさんいてくれるといいな」

「そういうのって、子どもが考えるんでしょ。大人は、いろいろな人のためになる、存在感のある人になっていかなくてはならない、責任があると思います」

「参ったな。その通りだね。人に頼ってはいけないんだ。エーリッヒ・フロムの『愛するということ』という本の中に責任とは、我慢することってあったけど、厳しいね」

「言葉だけは分かっても、本当のことは何でも努力と時間がかかるのね」

「こういうのもある。サンテグジュペリの『星の王子様』に、『心で見なくちゃ、ものごとはよく見えないってことさ。かんじんなことは、目には見えないんだよ』って、子どもの心で見れば、難しいことも、単純に分かってしまう」

　薮田は、太陽の存在を感じるように、子どものように単純に感じる心を強調した。

「ずいぶん簡単にしたのね」

「難しいことは長続きしないからね」

「大人っていやね」

「子どもの心を大切に、だね」

「お二人さん、話の途中ですが、薮田さんに予約があるので、話を譲ってくれませんか」

「ほら、大人の話だよ」

藪田が、大人を否定的に使った。

「話は終わりましたから」

財前は、仲間が集まっているゴリラ岩の方に走って行った。

「すみませんね。話の途中で」

「大体話の結論は出たので、いいですよ」

「そう、じゃあ、少し離れた、あそこの岩の近くに行きましょう」

そう言うと、蕪木は、さっさと歩きだした。そして、岩の平らな所に、ビニールシートを敷いた。

「狭いけど、藪田さんもどうぞ」

藪田は、言われるがままに、隣に座った。

「話っていうのは、分かっていますよね」

「蕪木さんのクラスのことでしょ」

「分かっていれば、話しやすいので話します。藪田さんの言われた通り、約束を作って、私も子どもたちも、守るようにしました」

「それで、どうでしたか」

「何とか学習の形はできるようになったんだけど、中身がお粗末で、良くなったとは言えないです」

「具体的に話してくれないと、分からないのですが」

「チャイム着席は、できていますが集中ができない」

「それで、授業の準備はどうですか」

「教科書の準備はできていますが、始まっても教科書を開かない子がいる」

「チャイム着席、授業の準備はできているということは、前より良くなっていますね。褒めてあげましたか」

「そんな当たり前のことを褒めるわけにはいきません」

「でも、当たり前のことができなかったんですよね」

「そんなことを褒めても、喜ばないだろうし、意味がないでしょ」

「表面上は、大したことがないことでも、褒められれば、嬉しいし、少しはやる気の出る子もいるはずです」

「姿勢が悪いし、学習態度の悪い子もいますよ。そういう子は意欲もないじゃないの。授業が、やりづらいのよね。こんな状態を良くする方法ってあるの、あなただったらどうする」

「最初は、授業を受ける姿勢や態度は、どういうのが良いかを教えます。それでもできない子には、休み時間などに、その子に、どうしてできないかを訊きます」

「そんなことをする時間なんてないですよ。理屈じゃないんだから」

「私を批判しても、何も変わりませんよ。時間は、無理をしても作らなければなりません。一点突破・全面展開って知っていますか」

「知りません、そんな難しい言葉」

「孫子の言葉らしいのですが、一つのことができると、自信ができて、他のことも、できるようになることだそうです。いちばん大変な子を、良くしてあげれば、他の子も、良くなってきますよ」

「返事も生返事だし、やることなすことが、ちゃらんぽらんなんで、どこから手を付けていいやら、分からないのよね」

「最初に指導するのは、一番気になる子の、一番気になるところからですね」

「難しいことばかり言うのね」

「私が要求しているのではありません。あなたが訊くから、答えているだけです。やるかやらないかは、あなたが決めることですよ」

「よく考えてみるわ、時間を作ってくれて、ありがとう」

「今の蕪木さんの考え方を変えることですよ。そうすれば行動も変わりますから」

「また時間貰うかも」

「何か成果が出たらね。成果がなければ、私は会いませんので」

燕岳は、モルゲンロートの赤みがかった姿から、青い空をバックに、斑の稜線を見せていた。

六人が、昨日のウサギ岩を確認に行ったとき、その近くの草むらからライチョウのメスが現れた。子連れのライチョウではなかったが、ライチョウを探していた財前が、初めて見つけることができた。

「あっ、ライチョウ、諦めていたのに嬉しい」

「よかったですね。会いたい気持ちがライチョウに会わせてくれたんですね」

諦めかけていても、思いがあれば、願いは叶うものなのかもしれない。強い気持ちがなければ、出会っていても、見過ごしてしまうことがある。運を呼び込む財前の気持ちが、立山では、巡り合えなかったライチョウに、会わせてくれたのだろう。

二日間とも、晴天に恵まれて、リフレッシュできた山行だった。それぞれが、それぞれの思い出を胸に、新しい明日に向かって、心が元気になった。

8　向かい風は、進む時に受けるもの

「今日は、風が強いのね」

財前が、盛んにポニーテールの髪が揺れるのを気にしている。

「今、和歌山県の辺りに台風が近づいているらしいから、関東もそのあおりを受けているんだよ」

藪田は、武甲山や大持山を眺めながら言った。

「風って低気圧に向かって高気圧の方から吹くんでしょ」

「暖かい風は南風だね。南風には、ぼくは暖かいイメージがあるから好きだな」

「でも、蒸し暑い時の熱風はどうなの」

「でも、風はないより、ある方がいいな。何もしないのに汗ばんで、額から汗がしたたり落ちてくる時が、一番うっとうしいんだ。そんな時は熱風でもいいよ」

「低気圧の譬えって、女の人よね。どうしてかしら」

「財前さんは別だけど、女の人が、へそを曲げたり、ヒステリーを起こすと、だれにも止められないことがあるそうだ。女の荒れた状態を嵐のように譬えて、低気圧って呼んでるんじゃないかな」

「その低気圧状態なのが、今、蕪木さんなのよ」

「えっ、あの蕪木さんが」

「クラスが少し落ち着いてきたみたいだったのに、職員室に帰って来るなり、〇〇のバカたれ、こんちくしょう、だの悪態をついているのよ」

「へー、子どもとケンカでもしたのかな」

「クラスは別に、騒いだり、飛び出したりしてはいないようよ」

「余程、嫌なことがあったんですね」

「そう、あの人、普段から、学年にも、他の人にも、誰にも相談しないから。校長が声を掛けた時は、いえ大したことではないんですと、澄ましていたそうです」

「やばいな」

「薮田さん、やばいなんて汚い言葉で」

「はっ、誰にも相談しないってことは、何となく蕪木さんが、ぼくの所に来そうな気がするんですよ」

薮田は、最近、蕪木が困ると、すぐに薮田に相談に来ることを、身をもって感じていた。

「燕岳の時みたいに」

「あの人しつこいからやなんだよな」

「でも、誰にでも相談されるってことは、信頼されているんじゃないですか」

「それが相談じゃないって言うんですよ」

「じゃあ、何なの」

「ただ、ぼくに訊きたいんだって」

「そういうのを相談と、言うんでしょ」

「ぼくが蕪木さんとは、性格が反対だから訊くんだって、言い方を曲げないんだよ」

薮田は、ふくれっ面になった。

「そうなんです。こんにちは、蕪木さんですよ」

突然、聞こえるはずのない主の声がした。驚いた薮田が振り向くと、そこに蕪木の姿があった。

「うわっ、どうして多峯主山に」

「あなたの暇のつぶし方など、分かるわよ」

「山はたくさんあるのよ。そんなの嘘よ」

財前が、めずらしく怒った。

「嘘よ。薮田さんの家を探しに行ったら、犬を連れたおばさんに会ったから、あなたの家を訊いたのよ。その時、今は多峯主山に行って、留守だと教えてくれたのよ。あんたも顔が広いのね」

「運がいいんだか、悪いんだか。その熱心さがあれば、クラスの問題くらい解決できるでしょ」

「あなたにヒントを貰いに来たの」

「ヒントって、クイズじゃないんですよ」

「学級経営の謎解きだから同じよ」

「蕪木さんは、本当に考え方の軽い人ですね。相手にも自由な時間があるんですよ」

「私も教材研究の時間をやめて、あなたに会いに来たんです」

「あなたは、相手の時間や立場というのを考えないんですか。いつも自分中心じゃないですか」

藪田は、せっかくの日曜日を、蕪木に奪われたくなかった。

財前は、スキーの時の藪田と蕪木のやり取りを、話では聞いていたが、こんなに勝手な人とは思っていなかった。ただ茫然と見るよりほかなかった。

「だから、藪田さんに会いに来たんですよ」

「失礼ですよ。私の時間です」

「こんな性格だからクラスがうまくいかないんです。分かったんです。だから、私とは考え方の違うあなたに訊きに来たんです」

「人の領域や時間に入り込むならば、低姿勢で頼むのが本当でしょ」

「尾瀬や燕岳でもご一緒したよしみでお願いします」

「何をお願いするんですか」

「訊きたいんです」

「相談ですか」

「クラスのことで、訊きたいんです」

蕪木は、いつものように、煮え切らない憎たらしい顔で言った。

「私はここで、山を楽しんでいます。相談以外はお断りします」

「相談でもいいです」

財前は、蕪木の言葉遣いが、先生というより、ひねくれた子どものように聞こえた。

蕪木はふてくされた顔をした。

「言葉遣いができていません。相談ですか」

「うーん、相談です」

蕪木は苦し紛れに言った。ふてぶてしかった蕪木の顔が、真剣な表情に変わった。

「で、相談というのは」

「ここじゃあ、ちょっと」

「ちょっと何ですか」

「話しづらいです」

「まともな会話をするには、財前さんにいてもらった方がいいと思いますよ」

「まともなという意味は何でしょうか」

「普通の会話です。相談なら相談。スキーでぶつかってきたら、ぶつかった方が謝ること。ぶつかった相手に文句を言わないこと」

「随分昔の話ね」

「昔って半年前でしょ」

「前置きはいいわ。あなたが言ってくれたように、約束を守った子には褒めてあげました。それなりに子どもたちとの関係はよくなりました。でも、一番の問題児が、全然変わらないで、斜に構えて授業を受けているので、授業がやりづらいのよ」

「褒めて認めてあげれば、よい結果が出たんですよね」

「形だけはね」

「手のかかる子も授業を受けているんですね」

「形だけです。ノートも取らないし、時々笑っています」

「授業が面白かったんじゃないですか」

「面白い場面ではありません。質問に誰も手を挙げないからです」

「おとなしく授業を受けているなら、クラスは、前進し始めたのです。船は、勢いよく進もうとすれば、風の抵抗を受けるものです。その風は、前進しようとすればするほど、抵抗するように感じるものです」

「うるさいのも嫌なんだけど、静かすぎるのも嫌なんですよね」

「誰だって同じです。やり取りがあるから、面白いのです。サッカーだって、相手チームが誰も邪魔をしないで、大量点をとっても、嬉しくないです」

「子どもとの人間関係がこんがらかっているのよね」

「今、子どもたちは授業を受けているんですから、スタートラインは皆同じです。後は工夫です」

「教えるコツはあるんですか」

「ここまで来たら、自分で努力するのです。蕪木さんは、いつも相手にばかり要求してきたから、子どもたちが、反応しないと、イライラするのです。相手の立場に立って考えることができれば、すべて解決できます」

「相手の立場に立つ？」

「相手の立場になる、でもいいです。相手だったら、どう思うか」

「そんなこと考えたことないから分からないわね」

「相手を知らないで、自分の思いを伝えることはできません。だから、まず、相手を知ろうとすることです」

「そんなこと言ったって、あんな子嫌いだから、知りたくもない」

「正直でいいですね。でも、誰でも、多かれ少なかれ、気持ちの合う子と合わない子はいるのです。私は、話しかけても、一言も話さない子を受け持ったことがあります」

その時、蕪木の話を批判的に聞いていた財前が、薮田の話に、耳をそばだてた。

「その子は、二年生の初めに転校してきてから話さないので、子どもたちも声を聞いたことがありませんでした。親御さんに訊いたところ、家では大きな声で話すそうでした。私はこれは猫かぶりだなと思いました」

「それで、どうしたの」

「私は子どもたちに、彼をしゃべらそうと、ひそかに提案しました。よかったら彼の家に遊びに行ってくれないか、と頼みました」

「うまくいったの」

「そのうち彼が家でしゃべったということをある子から聞き、君は家でしゃべったそうだね、と話しました。彼は薄笑いを浮かべました」

「それでもしゃべらないの。強情な子ね」

「ある時、私が落ちていたビニールに乗って、滑って転びそうになった時、彼は思わず『危ない』としゃべったのです。私は彼に近づき、『今、しゃべったよね。声出したよね』と言ったら、彼は『うん、しゃべったよ』とはっきり言ったのです」

「運がよかったんじゃないの」

「それからは、彼は普通の子のように話すようになりました。彼はしゃべりたかったのです」

「話せることが偶然にばれたから、話すようになったんでしょ」

「いや、彼は話したかったんですよ。でも、クラスに慣れないうちに、話さないというレッテルを友だちから貼られてしまった。それで話せなくなったんです」

「そんなことめったにないじゃないですか」

「だから大変なんです」

「じゃあ、うちの反抗的な子もそうだって言うの」

「おそらくそうです。悪いレッテルを先生か誰かに貼られて、ひたすら突っ張る役を演じているんです。急に良い子になるなんて、恥ずかしいじゃないですか」

「じゃあ、どうすればいいの」

「その子が恥ずかしくなく、悪いレッテルから抜け出せるように、納得がいくチャンスを作ってあげることです」

「そんなことできるわけないでしょ」

「難しいですね。ただ、彼が恥ずかしくなるほど、何度も褒めちぎると、突っ張っている方が恥ずかしくなるかもしれません。具体的には自分のクラスではないので言えませんが」

「私にだってプライドがあるのよ。そんなことできないわよ」

「生みの苦しみって言うのかな。人は、考え方が変われば、行動が変わるのです。行動が変われば、習慣が変わるのです。習慣が変われば、余裕ができるのです。どうです、蕪木さん、今までの皮を脱いで、新しく生まれ変わってみませんか」

「考え方を変えるなんて、私にできるかな」

「子どもにできたことですよ、きっとできますよ。いや、必ずできますよ。飛行機は、向かい風がなければ飛べません。だから、ジェットエンジンで推進力をつけて、飛んでいるんです。追い風だけで惰性で飛んでいては、目標を失います」

「いい経験を聞かせてもらったわね。ありがとう。また自信がなくなったら相談してもいいかしらね」

「相談ならいつでも受けますよ」

「今日は、ゆっくり眠れそうだわね」

そばで聞いていた財前も、嬉しそうな顔に変わっていた。

9　犬友は、喜んで楽しんで、仲良くできればいいのです

財前が、薮田のアパートに遊びに来るようになった。一緒に教材研究をしたり、児童理解について学び合おうという薮田の提案に、財前が乗ったのである。

時には財前宅にお邪魔もするけど、一人暮らしの薮田にとって、勉強するには、自宅の方が、資料もあるし、勝手気ままなので、都合がよかった。近くに犬の大好きな勝呂おばさんが住んでいるのも、自宅を勉強の拠点にした理由である。

「今日は、面白い人に会わせてあげますよ」

薮田が勉強に飽きて言った。

「あら、どこに住んでいる人」

財前も教材研究で疲れていた。

「ここから一分。もしかしたら、そんなにも掛からないかも」

「急に行ってもいいの」

「大丈夫。三時ごろに行くと伝えてある」

「まあ、準備のいいこと」

「寛ぎは疲れた時に必要だからね。会ってみれば分かるよ。初めて会っても屈託のない笑顔で迎えてくれるよ」

「会いたくなったわ」

「行こうか」

「ええ」

「こんにちは」

「こんにちは」

薮田が挨拶すると、奥から勝呂が挨拶しながら、玄関に現れた。

「あら、いらっしゃい。今日は女性のお友だちもつれて」

「山友だち、勉強友だちの財前直美さんです」

「財前です。初めまして」

「初めまして、勝呂です」

ワン、ワンワンワン
「あら、登夢、お客さんよ。嬉しいのね。しっぽをそんなに振って」

勝呂は、笑顔で登夢を紹介した。

「嬉しいとしっぽを振るのね。知らなかったわ」

財前も、犬は飼ったことがないようだった。

「このビスケットをあげてごらんなさい」

と勝呂は、ビスケットを五つくれた。

財前は、おっかなびっくり、登夢にビスケットをあげた。そして登夢が食べると同時に、指をひっこめた。

「ビスケットを放ってあげてみて」

財前は軽くビスケットを放り投げた。

登夢はビスケットに素早く食いついた。

「少し横に放ってみて」

薮田が注文を出した。

「それっ」

登夢は、横っ飛びしてビスケットにパクついた。

「今度は、上下、左右にビスケットを動かしてみて」

薮田は、次の一手を教えた。

「あっ、ビスケットから目を離さない」

「すごい集中力だろ。犬にとって食べることは最大の関心事なんだ」

「おとなしくなったでしょ。今度あなたが来たときは、最初の時みたいには、吠えないわよ」

勝呂は、嬉しそうに言った。

ワン

「おねだりしているわよ。もう、おしまい」

ワン

登夢は少し様子を見ていたが、くれそうもないので、座敷に帰って行った。

「儀式も終わったので、どうぞお入りになって」

「お邪魔します」

「失礼します」

ソファーに座ると、冷たいスイカと麦茶を出してくれた。

「すいません」

突然訪問した財前が恐縮した。

「気を使わなくてもいいのよ。家では気兼ねなく」

「そうなんだよ。ぼくだって、これで4回目ですか」

「そうですね。でも、お会いするのは5回目ですかね」

「そうでしたっけ」

「そう最初にお会いした時、ほら、登夢と鉢合わせになって、鼻の頭を登夢に引っ掻かれたでしょ」

「ああ、あの時ね」

「5回目で、こんなに親しくなるんですか。鼻に怪我をしてから3カ月ぐらいかしら」

「何で3カ月なんて分かるの」

「鼻を怪我していたの、西武球場に行った時じゃない」

「あれは塀から枝が出ていて」

「ウソ言っても駄目よ」

「どうしてさ」

「塀のある家は、植木も大きいでしょ。枝が背の高さで道の方まで出ているなんて、不思議よ。それが本当だとすると、薮田さんは、二度も鼻に怪我したことになるわ。そんなの変よ」

「分かりました。財前さんのご明察の通り、あの日、登夢に引っ掻かれました」

薮田は、思わず自分の鼻を撫でた。

「縁って不思議ね。勝呂さんに会わなければ、あの時のウソはあの時のままですもの」

財前は、薮田の方を向いて笑った。

「いいじゃないですか、ウソも方便って言うでしょ。こういう出会いに繋がっているんだから」

それを聞いた薮田は、勝呂が仏さまに見えてきた。

「そもそも犬友というのが、すごいんだよ」

薮田は、話を今日の本題に戻すことにした。

「犬友って何ですか」

財前が不思議そうに訊いた。

「犬友というのはね、犬が好きな人が、友だちになるのよ。犬が喜ぶのを見て、喜ぶの。犬友になるような人は、気心が知れているから、友だちになりやすいんですよ」

勝呂が犬友の説明をした。

「ここには、牛島さんとか、宮内さん夫婦とか何人かの人が出入りします。ぼくは犬友ではないけど、登夢という犬の友だちだと思っています」

「こんにちは」

「ほら、噂をすれば、牛島さんがやって来た」

「牛島ですけど、どなたかおいでですか」

「薮田さんとお友だちの方がいらしています」

勝呂が玄関まで出てきた。

「ケーキを作ったんですけど、召し上がりませんか」

「そんなに食べられないから、あの二人に分けてあげればいいわ」

「作るときはたくさんできるので、貰ってもらうと助かるのよ」

「甘い物には目がないから嬉しいわよ」

ワンワン

「登夢どうしたの、いないかと思ったわよ」

牛島は、登夢に抱き着いて、胸の辺りをさすりまくった。

登夢は嬉しくて、クークー、ワンと牛島の首をなめた。

「後ろの袋にビスケットがあるからあげて」

勝呂が言うと、牛島は、自分の家の犬と同じように登夢を抱き寄せ、手のひらにビスケットをのせて、登夢にあげた。犬友になると、家族のような関係が、人も犬もできることを、財前は初めて知った。

「こんにちは、散歩の時間よ」

宮内のおばさんが、登夢の散歩の連れ出しにやって来た。勝呂は、少し足が悪かったので、午後の運動は、宮内が、自分の犬のポパイと散歩に連れ出してくれることになっていた。

登夢は柴犬、牛島のジャッキーはシェパード、ポパイはスカイテリアだった。種類が違っていても、犬のご主人が仲がいいと、犬も仲良しになってしまうようだった。

「そろそろ私も帰らないと、ジャッキーが焼きもちを焼くから帰ります」

そう言って牛島は帰って行った。

「犬がこんなに懐いて、言うことを聞くのなら、人間も、もっと言うことを聞いてくれないかしら」

財前が、登夢に感心して言った。

「犬にとって食べることは、最大の関心事だからね。犬は、生理的欲求がすべてでしょう」

薮田は、犬は欲求が単純なことを強調した。

「欲求って、どんな種類があるの」

「マズローの法則が有名だね」

「どんな法則」

「マズローは欲求を5段階に分けた。段階が順に上がっていき、ピラミッド状になる」

「ピラミッド状ということは、上に行くほど欲求が少なくなるということ」

「そうだね。だから、人によって違いができるんだ。違いと見れば納得だ。差と見ると差別だよ。だから人間は難しい」

「5段階はどんなふうに分けたのかしら」

「生理的欲求、安全の欲求、社会的欲求、承認欲求、自己実現欲求」

「もっと分かりやすく説明してくれない」

「……生理的欲求は生きていくために必要なことができる。安全の欲求は安心できる環境で住むことができる。社会的欲求は集団所属とよい人間関係ができる。承認欲求は他者から認められることができる。自己実現欲求は自分らしく楽しく生きることができる」

「まだよく分からないけど、犬よりも四つも欲求が多いんじゃ、心をコントロールするのが大変ね」

「人間は悩みが多いんだよ。財前さんも、一年生が早く学校生活に慣れるように悩んだよね」

「そうね、自分の生活ができないわけではないけど、誰かのために悩むのよ。それが仕事ですもの」

「人間が一人前に生きることは、大変なんだ。いつも勉強だよ」

薮田は考えながら、人間の欲の深さと、勉強というハードルが複雑な社会を作っているような気がするのだった。

「でも、判断力、解決力をつければいいんでしょ」

「子どもたちには、何とか力をつけてもらわなくてはならないけど、社会に出れば、新しい問題が次から次に出て来る。いつの間にか解決がおろそかになってしまう。よくストレス社会っていうよね」

「みんなが落ちこぼれないようにするには、どうしたらいいのかしら」

と財前が嘆いた。

「江戸時代に学ぶことね」

また、勝呂が口を挟んだ。

「江戸時代に学ぶって、どういうことですか」

財前が、不思議そうな顔になった。

「江戸時代は人情に厚かったわ」

「まだ分かりません」

「世の中は損得で生きるのではなく、困っている人は助ける。苦しんでいる人には力を貸す。貧しい人には施しをするなど、お互いが助け合う世の中だったでしょ」

勝呂が、笑顔で、シンプルに、言い切った。

「私も、その意見には賛成です。でも、どうしてそういうことが、分かるんですか」

財前が、勝呂の明快な答えに驚いた。

「簡単よ。大岡越前や銭形平次などの時代劇を見ていれば分かるじゃない」

「そこですか。参りました。さすが、犬友ですね」

薮田は、勝呂の単純明快な意見に恐れ入った。

10　蕪木の変身

尾瀬ロッジの前を過ぎて、尾瀬ヶ原の入口を抜けると、いきなり一面の草紅葉が目に入ってきた。木道に招かれて、歩き出した先には、草紅葉が広がっている。どこまで続くのか見当もつかない。燧ケ岳の麓まで続いているように見える。所々に、青く水面を映しているのが、地塘と呼ばれている池だ。雲があれば白く輝いて見え、青い空と白い雲のコントラストが面白い。地塘の水面は、近くが、濃紺に映り、遠くに行くにしたがって、青は薄くなり、白が混ざっていくように見える。地塘の水面は鏡であり、空を映し取っているように光っている。

「地塘に草紅葉の浮島があると、ジグソーパズルに見えるわね」

財前が広い尾瀬ヶ原に魅せられていた。

「そういえば、草紅葉に地塘が点在すると、顔や動物や魚に見えるときがあるよね」

薮田が、財前につられて言った。

「燕岳の自然の彫刻も、イルカやウサギだったじゃない」

財前は、自然には美術的な要素があることに気がついた。

「立体の燕岳、平面の尾瀬か。自然が作る造形美だね」

薮田が、自然を賛美した。

「何かを見て想像すると、きっと何かを生み出す創造力が付くんだわ」

財前は、すっかり尾瀬に心を動かされていた。

「成長するには、何かいいものやいい景色にふれることだね。相田みつをが言うように、感動が人を動かし、出会いが人を変えていくんだ」

薮田は、この秋に財前と尾瀬に来たことを喜んだ。

「でも、蕪木さんは、燕岳でウサギ岩を見つけて、感動したし、薮田さんにクラスを立ち直らすヒントを貰ったのに、変わらないみたいじゃない」

「人の話を聞くようになっただけ変わったんだよ」

薮田は、蕪木の変化を評価した。

「そういえば。この頃、クラスの悪いうわさは聞かないわね」

「そうだろ、変わって来たよ。ただ今日どこで、からまれるか、気になっているけどね」

「それなら分かるわ。オルゴール館よ、約束していたじゃない」

「ぼくは約束していないよ。勝手に休憩時間を確認してきただけさ」

「でも、その時間、どういうことか想像できるでしょ」

「たぶん予想通りになると思うけどね」

「話は違うけど、この地塘の赤い水草の名前分かるかしら」

「これはヒツジグサ。ほら、みんなも見に来たよ」

「これが見たかったんだな。尾瀬ヶ原では、紅葉はこのヒツジグサが一番だな。ブナの黄色、ヒツジグサの赤、わけても、水草の紅葉なんて聞かないだろう」

「市田さんは、必ずその名勝の良さを味わいに来るんですね」

川北は、市田の視点の良さを言い当てた。

「本当にね。燕岳では、自然にできた彫刻でしたね」

財前が思い出して思わず顔を綻ばせた。

「新緑のような春の息吹もあれば、燕岳の彫刻のような造形もありますね。そして、今回は水草の紅葉だ。自然はいいね」

「さすが市田さん、目の付け所が違いますね。市田さんによりますと、子どもの成長には、記録が大事だそうで、子どもの変化、変容を見なくてはならないそうです。それには写真やビデオは、一度に何人も記録できるので、有効だそうです」

この仲間に初参加の小西が、市田との会話の中で、すでに多くのことを学んでいた。

「遊びで参加していました。すみません、勉強します」

蕪木が思いがけない発言をした。

「今回は特に勉強になります。自然だけではなく、一人ひとり、みなさんに良さがあることがよく分かりました」

薮田は、自然からも、出会った人からも学べるので、この山旅に参加してよかったと思った。

「薮田さん、思い出の場所に来たよ」

川北が、声を掛けてきた。

「こんなところで、いい思い出なんかないでしょ」

「いい思い出じゃないかも」

「あっ、イモリ事件」

「そう、その通り」

「忘れていたのに、あれは川北さんが、イモリに草をやると食べるというからやったんですよ」

「食べたでしょ」

「食べましたよ。でも、ぼくもやってみろと言うからやったんですよ」

「そこまではいいんじゃない」

「タイミングが実に悪い。運が悪いことに、自然保護官みたいな人が通って、ぼくが注意されたんですよ」

「尾瀬みたいな広い湿原で出会うなんて、なかなかできるものじゃないですよ。運がいいんですよ。エピソード1です」

「エピソード2です。エピソード1は、林間学校のハンモック事件。あれだって、川北さんがハンモックを吊って、気持ちがいいよって言うから、ぼくも寝転んだんです」

「気持ちがよかったんだろう」

「気持ちがよくても、気分が悪くなったんです。あの時も、自然保護官みたいな人が通りかかって、ぼくが、注意されたんです」

「いやいや、何年も林間学校に行っても、出会えない人に出会えるなんて、運がいいとしか言えないな。それも、注意だけなんだからいいじゃないですか」

「川北さんが一度も注意されずに、横でニヤニヤ笑っているところが悔しいです。どちらも30秒早く自然保護官が来ていたら、川北さんが注意されていたはずなんだから」

「そこが世の中の妙なところなんですよ。怒られ役が決まっているというか。ハハハハハ」

「忘れようとしている人がいれば、面白い巡りあわせとして、思い出になってしまう人もいる」

「薮田、わざとじゃないよ。仕組んだわけでもないよ。巡りあわせなんだよ。お互い笑って思い出に残そう」

「ふーん、仕方ないです」

「牛首が見えてきたぞ。人が固まっているから、すぐに分かる」

板倉が大きな声で知らせた。やはり板倉は、尾瀬には来たことがあるらしい。

「ここで大休止しましょう」

市田の一声で、皆は、ザックを下ろした。思い思いに場所を決めて、桝席に座った。

「少々日が眩しいですが、食事にしましょう」

市田がそう言うと、一斉に持参の弁当を出した。

「小西、さっきの弁舌はすごかったな。改めて見直したよ。初めて会った人に堂々と感想が言えるんだからなあ」

薮田が、小西に話しかけた。

「感動だよ。薮田は、いい友だちがいるんだな」

「初めての人に馴染むのは、それほど簡単なことではないよ。ぼくだったら、お別れという時にやっと慣れたかなって思う程度だな」

「世の中には、初めての他人を肯定的にとらえる人と、否定的にとらえる人とがいるもんだよ。市田さんの話を聞いていると、他人に対して、肯定的にとらえていると思ったね」

「市田さんは面倒見もいいし、常に全体を盛り上げることを意識してくれているから好きなんだ」

薮田は、市田の人柄を褒めた。

「山がいいのは分かるけど、山が好きな人には、いい人が多いね」

「どうせ同じ時間を過ごすなら、いい人と過ごす方がいい。嫌な人との時間は持ちたくないね」

「薮田は嫌いな人がいるのか」

「嫌いな人というか、話がかみ合わない人はいるよ」

「どんな人かな」

「話さなければだめなのか」

「別に、無理にとは言わないけれど、参考になるかもしれないので、よかったら、話してみてくれないか」

「例えば、スキーでぶつかってきたら、普通は、ぶつかった方が謝るよね。それに倒れて、起き上がれないから、起こしてあげようとすると、起こし方が悪いと文句を言う。助けてもらう時は、ありがとう、感謝でしょ」

「そんな人がいるの」

「いるよ」

「ぼくの言う否定的に見る人に似ているな」

小西が、否定する人に拘った。

「今年、教育課程にはないけど、初めてカイコを飼って蛾になるまで育てたよ。一生懸命やれば、子どもたちは成長できるんだね。考え方一つだよ。『自分を成長させる方法』が役に立った」

「この間もそんなことを言っていたな」

「今年の春、神田の古本屋でヒンドゥー教の栞のような紙を拾ったのがきっかけだった。だから、市田さんとの出会いも大切にしていけば、人生は楽しく、愉快になるよ」

「市田さんとはいい出会いだけど、薮田のかみ合わない人の話はどうなったんだ」

「今回の参加メンバーの中にいるとだけ言っておこうかな」

「クイズみたいだな」

「帰りまでには分かるさ」

「ゆっくり拝見と行くか」

「さっきも言ったけど、最近の薮田は考え方が変わることに拘るな。

　それで変わったのか」

「変わったね。何事にも積極的になった。何でも習慣化しようとするようになった。やることがあれば直ぐにやり、余裕を作るようになった。人との出会いを大切にするようになったよ」

「そんなに変われるのか。それじゃあ、ぼくも一つその方法でやってみようかな」

「考え方を変えることが一番難しいよ。大人になると固定概念が強いから。自己主張や思い込みが強いんだ。古い観念を追い出さないと、新しい発想は生み出せない。考え方が変われば、そのときがターニングポイントだ」

「ターニングポイントって人生の転機のことだろ」

「ターニングポイントは紙きれを拾った時からさ。それと恋愛かな」

「おっ、薮田、恋をしているのか」

「ああ、しまった。つい言っちゃった」

「まあ、頑張れよ。実りそうなら、知らせてくれ」

竜宮を過ぎてからは、薮田は独りで歩いていた。

「一人遅れていますね」

市田が、不思議に思って、声をかけて来た。

「そういえば、市田さんと話をしていませんでしたね」

薮田は、市田が、何かと気を使ってくれるので、安心してついて行けると思っている。

「八人もいると、話をするきっかけを作るのも、大変だね」

「ぼくは、まだ板倉さんと桃田さんとは、ゆっくり話をしていないですよ」

「財前さんとは話していたね。どうだい、二人の進行具合は」

「えっ、何が、ですか」

「スキーの時も言っただろう。チャンスだって」

「はっ、そうですね。まあまあですかね」

「何だね、そのまあまあと言うのは」

「蕪木さんのことが片付けば、すっきりするのですが」

「蕪木さんのことって何だね。蕪木さんも好きなのかね」

「いいえ、そんなことは絶対ありません。むしろ嫌いです」

「はっきり言うね。彼女の態度を見ていれば、よく分かるがね」

「たぶん、オルゴール館で、蕪木さんの相談を受けるんですよ」

「そんなのは適当に答えればいいじゃないか。相談相手なんか、いくらでもいるんだから」

「そうなんですが、これで四回目ですから、何を言ってくるのやら」

「そんなのは、受け取る側のことで、薮田さんが気にすることじゃないだろう」

「そうなんですが、もやもやしていると、集中できなくて」

「何に集中できないんだ」

「財前さんのことに」

「何を言っているんだね。蕪木さんのことなんか、責任はないんだから、放っておいてもいいくらいだよ。ここは集中だよ。なぜ尾瀬ハイキングを計画したのかは、二次的には親睦だがね、一次的には、薮田さんのためなんだよ。川北さんとも相談して決めたんだ」

薮田は、この時、市田が話しかけてきた真意を知ったのだった。

「えっ、ぼくのことが主なんですか」

「そうだよ。ここで決めるんだね。いいね」

「時間が」

「オルゴール館までかな。最終的には解散後だね」

そう言うと、市田は先頭の方へ駆けて行った。

「薮田さん、どうしたんですか」

桃田が、話しかけてきた。さっきから市田との会話に、真剣に話をしている薮田が、桃田には気になっていた。

「いえ、何でもありませんよ」

「でも、困っている顔をしていましたよ」

「いや、大したことではありません。一人で歩いていたから心配してくれただけです」

「そんなことで深刻な顔になるんですか」

「そんなに深刻な顔をしてましたか」

「薮田さんは、好きな人がいるんですか」

「えっ、急になんですか、ぼくは、今は……」

「私も興味があるのよ」

「ぼくはですね。蕪木さんの問題が解決しなければ、一歩も踏み出せないんです」

「蕪木さんの問題って」

「蕪木さんのクラスが、立ち直ることです」

「それが何の関係があるんですか」

「ぼくの意見を聞いて、その通りならば、クラスはよくなるはずなんですが、もしよくならないと、蕪木さんがしつこく相談に来るんです」

「それって、薮田さんには関係ないでしょ」

「そうですよ」

「それなら相手にしなければいいじゃないですか」

「そうなんですけど」

「変です。薮田さんは蕪木さんが好きなんですか」

「とんでもない、あんな自分勝手な人」

「なら相手にしない方がいいですよ」

「でも、解決できると自信がつくでしょ」

「大きなお世話よ」

「今年は、『自分を成長させる方法』という行動方針でやっていますので、できると自信がつくし、いろいろな人へも影響を与えることができるんです」

「影響って、蕪木さんにでしょ」

「そうです。ひいては桃田先生にも、他の人にも」

「それってどういうこと、よく分からないわ」

「『自分を成長させる方法』があります。この紙を読んでみて」

薮田は内ポケットから一枚の紙を取り出して、桃田に渡した。

「どうですか。何か感じませんか。何でも考え方を変えないと、成長できないんですよ」

「私、何にも考えていないタイプだけど、それなりに成長してきたけど」

「それって、考え方は変えようとしなくても、変わるときがあるからです。子どもなんかは、ほとんど意識していません。でも、素直に勉強をするから成長できるんです」

「それなら、そんな『自分を成長させる方法』なんか意識しなくても、いいじゃないですか」

「子どもも、大人も、目の前の問題が難しくなったり、面倒くさくなったら、考え方を変えられなくなります。だから、意識して、行動、習慣、余裕、発想、人格、出会いを考えて行動しなければならないんですよ」

「そんなの面倒くさい、嫌だわ」

「口で話しても分からないから。やってみて変わったという体験が大事なんです」

「蕪木さんだけに、そんなに親切にして、それこそ変です」

「蕪木さんが変われば、あの蕪木さんが変わったんだから、自分もという人が、一人や二人出てきても、おかしくはないですよ」

「あっ、いやだ、薮田さん、もしかして影響を与えたい人いるんじゃないですか」

「いますよ。桃田先生も、その一人です」

「とか何とか言っちゃって、他に影響を与えたい人がいるんだ」

「たくさんいますよ。子どもたちだって、そうだし」

「そうかしら、蕪木さんのような面倒くさい人を相手にしてまで、影響を与えたい人はただ一人しかいないわね」

「どうしてですか。たくさん影響を与えたいんですよ」

「むきになっているわ。きっとそう、好きな人がいるんだわ。女の勘よ」

「分かったよ。そういうことにしておくよ」

「開き直ったわね」

「『自分を成長させる方法』は、行き詰まったときに、思い出してください」

「はい、見つけるわ、きっと」

「そっちか」

その時、市田から伝達が入った。

「目的地の見晴まではあと一息です。アイスクリームがありますよ」

その一声で、一行は自然と足並みが速くなった。

「薮田さん、歩きながらもよくお話をしますね」

折よく板倉から声を掛けられて、薮田はほっとした。

「そういえば、板倉教務主任とは、尾瀬では、ゆっくり話をしていませんでしたね」

「尾瀬に来てまで教務主任はやめましょう。それで、どんな話をしているんですか」

「山に来たって、話すことは、学校のことが多いですよ」

「と言いますと」

「子どもたちの指導法ですかね。たまに、大人とのやり取りのこともありますが」

「大人のことって、気になりますね」

「いいんですか。例えば、板倉さんと蕪木さんはうまくいっているのかとか」

「うああ、そんなこと話しているんですか」

「冗談です。個人的な勘繰りです」

「びっくりさせないで下さい」

「でも、いい線いっているんでしょ」

「いや、良いようで、悪いようで」

「何ですか、はっきりしませんね」

さっきまで、追及されていた薮田は、人は違えども、逆に追及していることが快感だった。

「どうもクラスがうまくいかないらしく、私の方も疎んじられまして」

「そうですか、私も指導に当たっては、相談されましまして困っているところです」

「相談されたんですか」

「そう、おかしいですよね。一番性格が合わないのに」

「私には何も相談しません。時々愚痴るだけです」

「これぱっかりは、当人が頑張るしかないですからね」

「その通りです。それでも、薮田さんには、相談したんですか」

「本人は相談ではないと、何度も言っていますが、内容は相談です」

「そうか、薮田さんには、本人にはない良さを認めているんだな。薮田さんには一目置いているんだよ」

「でも、態度が悪いけどな」

「頭を下げるのが苦手な性格だから。上から目線で生きてきたからね。お嬢様育ちなんだ」

「さすが、フィアンセ。蕪木さんのことをよく知っている」

「いや、フィアンセだなんて、そこまでいっていないんだな」

「でも、Ｃまでいっているんですよね」

「そ、そんなこと、一回だけ」

「正直でいいです」

「大人の話って、こんな話をしていたのか」

「今が初めてです」

「言うんじゃなかった」

「大人の話ですから」

「それで、さっきのクラスの話のこと、あの人は話したのかな」

板倉が、蕪木のことを初めて訊いてきた。

「帰りのオルゴール館で相談するそうですが、やや緊張気味です」

「自己主張が強いからね」

「その蕪木さんと付き合えるんだから、大したものですよ」

「尻に敷かれているだけだな。でも、うん、うん言っていると、いろいろやってくれるんで、楽なんだよな」

「持ちつ持たれつですね」

「いつまで続くやら、冷や冷やものですよ」

「お互いが緊張しなくなっても、ダメなようなことも聞きますから、いいんじゃないですか」

話に夢中になっているうちに、正面に小屋が見えてきた。

この辺りは、樹木も草も背丈が高く、夏にはオアシス的な場所である。

見晴には、6軒の小屋があり、ここまでくる客は、大概一泊するからであろう。山の鼻に比べても小屋の数が多い。

「皆さん、ここが見晴です。普通はここで一泊します。今日はここでトイレ休憩を取ったら、アイスでも食べて、すぐに、引き返します。山の鼻まで尾瀬ヶ原を一望できますので、ご堪能下さい」

市田の指示で、交代でトイレ休憩を済ませた。

皆、アイスを食べている時が、至福の時のような顔をしている。

いよいよ山の鼻に向かっての行進である。きっと何人かは、山の鼻からの登りに音を上げるに違いない。平坦を歩きなれた後に、登りが待っているのは辛いものである。行きがとても楽だったので、こんな筈じゃなかったと、疲れが出てくるのが普通である。

至仏山だけが目標のように次第に大きくなってきた。日は西の方に傾き、正面の方から日を受けるので、眩しかった。

竜宮へ向かって歩いている頃は、南からの日差しだったが、やはり眩しかった。遮るものがない尾瀬ヶ原は、鳩待峠からの山行では、行きも帰りも、日差しが眩しいのであった。

漸く山の鼻に着いた。ベンチに着いた時には、尾瀬ヶ原歩きも、終わった印象を受ける。

「薮田さん、今日はいい天気に恵まれて、よかったですね。今日は、話も弾んだでしょう」

薮田は、川北に声を掛けられた。

今日は、薮田が川北と話すのは、イモリ、ハンモック事件の話以来であった。

「川北さんとも話せたから、残るは一人」

「誰ですか、その残りの一人というのは」

「本日のメインイベントです。予約済みなんです」

「うふっ、分かった。蕪木さんだろう」

「大当たり、でも、気が重いんですよ」

「それでも、どうして薮田さんに相談するんだろうな」

「ぼくと蕪木さんとが性格が正反対だからいいんだそうです。ぼくの意見が役に立ちそうなんです。でも四回目ですから、これでだめなら他の人に意見を訊いた方がいいですよ」

「そうだろうな、薮田さんの問題じゃないんだから、時間が取られて、いい迷惑だよな。これが財前さんからの相談だったら、回答のしがいがあるとは思いますがね」

「まあ、そうですね。素直だし、謙虚だし、的外れなことも言いませんしね」

「それだけじゃあないでしょ。やりがいもあるし、信頼関係も深まるし、違う感情も出て来る」

川北は、そう言うと、ニヤリと笑った。

「そういうことに利害関係は、持ち込まないつもりですが」

「いいんだよ。その方がお互いにいいことだってあるんだから、財前さんの場合は、相談された方がいいんだよ」

「そうですね」

薮田は、素直にそう思った。

「何でも抱え込まないで、自分のことでなければ、分からないというのも正解だよ」

「そうします。八方美人じゃないんだから」

「さて、出発しましょうか」

市田の掛け声を聞いても、皆、腰が重く感じられ、のっそりと立ち上がり、おもむろにザックを背負った。

日差しがない代わりに、風もなかった。気温は次第に低くなっていたが、登りが始まると自然に体が温かくなってきた。

登りが続く急登では、皆黙り込んで淡々と歩いていた。

「ここで小休止しましょう」

市田は、向かい合ったベンチのあるところで、声を掛けた。

八人が座るには、十分の場所だった。水分やチョコレートなどの行動食や、残っていた果物などを分け合いながら食べた。

出発の合図の時は、皆、生気が戻っていた。

樹間には至仏山がチラチラ見えている。大きなブナの幹の黄葉が木漏れ日で美しい。忘れたように咲いているキリンソウが花の尾瀬の終焉を知らせているようだった。

朝方にぎわっていた尾瀬も、夕方に近づくとともに、寂しさを感じる。しかし、明日が晴れならば、にぎわいを再び取り戻すことだろう。

山道に、小さな沢が勢いよく横切ると、鳩待峠まで一息である。

体は程よく疲れ、心が満足したとき、鳩待峠に着いた。

薮田が、やり終えた満足感に浸って、登山靴を洗っていると、蕪木がやってきた。

「薮田さん、お約束のオルゴール館で、ソフトクリームでも食べながら反省会をしましょうね」

「一時間なんて、あっという間ですよ。疲れているんだから。蕪木さんは、疲れていないんですか」

「疲れていますよ。でも、普段はもっと疲れていますので、平気です」

「そうですか。いい反省会ができるといいですね」

「お約束よ」

戸倉までの帰りのタクシーでは、皆目を閉じていた。

戸倉からは、市田と川北が運転手なので、疲れた体に鞭打って、運転してくれた。運転代は、六人から集金して渡すことになっていた。しかし、ガソリン代と高速料金を含めても、運転代には見合わない金額だった。我々六人は、二人の運転手のサービスの恩恵を受けていた。

オルゴール館に着いた。お腹が空いていたが、トンカツを食べることになっていたので、我慢した。薮田と蕪木以外は、お土産を買いに行った。

「ソフトクリームとコーヒーだけだけど、私が奢るわよ」

蕪木が薮田の袖を引っ張った。

「いいですよ」

「講師代としては安すぎるわね」

「相談じゃなくて、講師だったんだ」

「そんな言葉の綾は、どうでもいいのよ」

「それで、クラスはどうなりました」

「それがよくなってきたのよ。いいクラスとは言えないけど、普通に授業ができるようになってきたのよ」

「よかったじゃないですか」

「何か文句でも言われると思っていたでしょ」

「それは、いつものパターンでいけば、そうですよね」

「話を聞いてあげるって、大切なことね」

「それはそうですよ。コミュニケーションの第一歩ですから」

「決めつけないことも大事ね」

「子どもで、悪くなろうと思って生きている子はいないですよ。保護者がついているし、教師だって、子どものためを思って勉強を教えているんですから」

「でも、授業妨害や反抗的態度を取っていましたからね」

「高学年になって、それまでの勉強ができていないと、学年の勉強が分からなくなるんです。みんな自分の存在感を持ちたいんです。勉強についていけない子は、余裕がないんですよ」

「じゃあ、どうすればいいの」

「できない子の気持ちになって、教えることと、できる子の協力を得ることだと思います」

「今は、話し合って、聞き役に徹してきたから、クラスが落ち着いてきたのよ。薮田さんのアドバイスを聞いて、よかったと思うわ。だから、今度は、学力をつけて、やる気を出させなくてはならないのよ」

「どの先生も、学力をつけて、やる気を出させることで、悩んでいます。興味・関心・意欲を引き出すような授業ができればいいのですが」

「なぜ『が』で、続きがないの」

「教師にも余裕がないんです。いい授業を考える時間がないんです」

「だから、どうすればいいの」

「簡単に訊きますけど、この話は、蕪木さんのクラスの問題なんですよ」

「分かっていますよ。だから、相談しているんです」

「分かっているなら、解決できないからって、私に問題を丸投げしないで下さい」

「でも、あなたのクラスの学級目標には、いいところを見つけあおう、ちがいを認めあおう、苦手なことを助けあおうって、あるじゃない」

「確かにそうです。しかし、そこまで持っていくのに時間がかかるんです。中学年だからできることもあります」

「『やればできる』の詩を推奨しているんですよね」

「時間はそれほどないとは思いますが、学習が遅れている子を教えてあげる時間の確保と、その子たちとの対話しかないと思います」

「個人指導と対話すること。時間の余裕か」

「蕪木さんは、相談できるように変わりました。私の話したことも理解しています。蕪木さんの考え方が変わったのだから、行動も変わっていきます。後は個人指導と対話の習慣を作ることです」

「分かったわ、やってみる」

「感動する授業にも取り組んでください。相田みつをの『感動が人を動かす。出会いが人を変えていく』です」

「あなたと出会って、私も少し変わったわ」

「それはお互い様ですね。私も蕪木さんに会わなければ、深く考えなかったでしょう。私も蕪木さんと出会って変わることができました」

「何もできないけど、コーヒーカップで、ありがとう」

蕪木はコーヒーカップを上げて、薮田に乾杯を促した。

11　人生は二度生きる

京王井の頭線の井の頭公園駅は静かな駅である。

吉祥寺駅が賑やかな繁華街にあるのとは、対照的な住宅街の中にある駅である。井の頭公園は、道路は狭く、住人など限られた車しか通らない閑静な住宅街にある。緑も多く、そこを行く人たちもせかせかしたところがないように思われた。

藪田は、幼少の頃、ここで暮らしたことがある。白いアパートの二階だったように思う。

この地の良かったところは、二つあった。

一つ目は二人目の母を迎えたことだった。荻窪の四面道の家にしばらく住んでいて、井の頭公園に引っ越してきたのだった。母親が、どんな存在であるかもわからなかったが、ご飯を作ってくれること。公園に散歩に連れて行ってくれること。ただそれだけで嬉しかった。ヨーグルトにリンゴを細かく切ってくれたデザートがあまりにもおいしくて、今でも忘れることができない。

二つ目は、テレビが来たことだった。このテレビに夢中になることで、知識を得て、どう生きてゆけばいいのかを、考えるようになったのである。

駅を出て、右に進むと、入口とは思えない、木や草が門代わりになった入口がある。入ると、すぐに遊具があって、子ども広場のようになっている。ブランコが空いていたので、財前と二人で並んで座った。

「どうして井の頭公園にしたの」

財前は、薮田には必ずそこを選ぶ理由がある、と思って訊いた。

「ぼくは、ここが初めてのターニングポイントになった場所だと思ったからです。陣馬山で、少し長いレポートを読んでもらいましたよね」

「そうでした。井の頭公園の近くに住んでいるときに、二番目のお母さんがいなくなったのよね」

「それからだな、ぼくのターニングポイント探しが始まったのは。そして、高尾山に行く予定のあの時、古本屋で拾った紙きれが、ぼくを成長させるきっかけになったと考えました。だから『自分を成長させる方法』という生き方を作ったんです」

「それで今年は、その生き方で、すべて生きようとしているんですね」

「それでも、考え方を変えることは難しいです。整理すること一つとっても、簡単じゃないです。整理とは、捨てること、区分けすることです。まず捨てられないんです。忙しいと区分けもできないこともあります。自分に何度も言い聞かせて、整頓維持するのがやっとのことです」

「私は、今は親元を出ていますから、シンプルに生きています。現代社会は、物にあふれていますから、整理整頓は至難の業よね」

財前は、親元を離れて、自活し始めたばかりなので、物が少ないはずなのだが、それでも、整理には苦労しているようだった。

「語呂合わせで『もうまつば』と覚えて、片付けていますが、苦しいです。『も』は、戻す。『う』は、裏を使う。『ま』は、丸める。『つ』は、吊るす。『ば』は、場所を作る、です。そこまでやっても、次から次に、ダイレクトメールや書類が来るので、やんなっちゃう」

「私は読まないで、ファイルだけです。必要なものだけ、ブックエンドに挟んで、期日までに終わらせるようにしています」

「物が少ないことはいいことですね。頭の中もシンプルですから、すっきりしているんだろうな」

「そんなことないですよ。授業のことや行事のことや提出書類のことだけでも、ストレスになることがあります」

「丸付け、日記の返事、コメント書き、雑用はいくらでもありますよね」

「今日だって、気晴らしになっているのかしら」

「学校のことばかりじゃ気晴らしにはならないよね。ごめん」

「あら、私も」

「歩きましょうか」

「ええ」

二人は、子ども広場のようなところから、井の頭池に向かって、紅葉を楽しみながら歩いた。

桜の名所だけあって、桜の葉が、モザイク模様に赤やえんじ色や黄色に紅葉しているので、目についた。

よく見ると、葉が何枚か落葉している。

派手に見えるのは、イロハモミジやハウチワカエデの葉が真っ赤に染まっているのがあるからである。

しかし、味わいがあるのは、黄緑色、黄色、オレンジ色、朱色、赤というように枝の外に向かって、葉がグラデーションしているモミジであろう。

存在感のあるのは、メタセコイアの紅葉である。すっくと伸びたオレンジ色の紅葉が立派である。湖面に、空が青く強く映る中に、濃く深く、逆さに映し出される様子は、心を楽しく弾ませてくれるのだった。

「きれいね」

財前が思わず、感動を口にした。

「自然の美しさは、同じものがなく変化しているからいいね」

薮田は、今日が晴天であることを心から喜んだ。

「新緑から紅葉、季節が移ろうことで、一年が終わるのね。美しい色どりを見せて、人々を楽しませて、葉を落とすことで、木は休む。そして、来年へ備えるのね」

財前も、自然の移ろいが、色や形を変えていくように、自分たちも変われたらいいという気持ちが、あふれ出ようとしていた。

薮田は、おもむろに一枚の便せんを取り出した。

「『人生は二度生きる』という詩を作ったよ。ベンチに座りましょう」

「また、作ったの。詩がお好きなのね」

「読みます」

と言って、詩を書いた紙を一枚、財前に渡した。

人生は二度生きる

人は誰でも　二度の人生を　生きるもの
一度目は親という　車に乗って
二度目は自分のハンドルで　夢を追いかける
愛はふれあいの中　突然に現れる
愛は時間《とき》が育てて　くれるもの

愛は磨き続けると　その輝きを増す
責任のない最初《はじめ》の人生は
愛という夢に会えば　心が変わる
いつか気がつくこの愛を　大切につかんで
二度目の人生を築きたい
人生は二度しかないのだから

「二度目の人生は責任があるんですね。あそこの親子を見ていると、母親は、新たな体験をするわが子を気遣いながら、子どもの戯れを大事に育てようとしているみたいだわ。言葉では伝えきれないものは、笑顔で愛を伝えているのね」

「そんなふうに感じられる財前さんは、素敵ですね」

財前は、渡された詩に、もう一度目を通した。

「この詩って、もしかして、プロポーズなの」

「そう取ってくださると、嬉しいのですが」

「私もこんな詩をいただいて、嬉しいわ」

「私は、まだまだ未熟ものですが、結婚してください」

薮田は、詩の力を借りて、思い切ってプロポーズした。

「私も、藪田さんなら、一緒にやっていけそう。よろしくお願いします」

「嬉しいです。あの立山で会った時に、運命の人に出会ったような気がしたんです」

「どうして私だったんですか」

「物事の捉え方が、前向きで、自分を飾らないで、素直だからでしょうか。多分、蕪木さんとの関わりで、縁があったと思います。お会いできることと、話す機会が多いことが縁だと思います」

「そういえば蕪木さんと板倉さんの関係が、私たちの縁を結んだように思いますわ。出会いって不思議ですね」

「蕪木さんは、私にとって苦手な人でしたが、子どもたちとの関わり方を考えるきっかけを作ってくれました。それに、オルゴール館では、学級が立ち直っている兆しがあると、感謝されました」

「蕪木さんと板倉さんは、うまくいっているのでしょうか」

「蕪木さんに余裕ができれば、うまくいくんじゃないですか」

「余裕を作ることが、藪田さんのテーマでしたね」

「余裕が、自分を自由にし、好きなことを楽しめる自分に変えていくと思います。人生を自由に楽しむことが、人間の生きる意味だと思います」

「人生を余裕で楽しむなんて、できるのかしら」

「できないと思えばできないですよ。できると思えばできますよ」

「武者小路実篤の詩！　ねえ、今気がついたんだけど『自分を成長させる方法』って、薮田さんの人生の生き方じゃないかな」

「さっきそう言ったかもしれません。生きていれば、人生は瞬間、瞬間で変化します。失敗もします。間違いもします。挫けないことです。一人じゃダメになりそうなときは、支え合いましょう。仲間に知恵を貰いましょう」

そう言い切った薮田だったが、余裕がなくなる時が来る予感がするのだった。

「それが余裕を作るために大事なのね」

「一人で問題を抱え込んだり、一人で悩み続けたりしないことですね。仲間で助け合う世の中にしていきましょう。苦しい時は、その時の心境に合った、応援ソングを歌いましょう」

井の頭公園が薮田のターニングポイントの始まりだった。あえて、薮田が、自分の運命を変えようと決意したとき、考え方を変えられる場所として、井の頭公園を選んだのは、勇気を何としても出したかったのかもしれない。母親が変わることで、辛い思いをして、悩み、反抗し、寂しい思いをしてきた。薮田は何としても自分の意志で、人生を決めていく自分になりたかった。

12　出会った人が自分の宝

所沢航空記念公園には、ランニングコースがある。

薮田は、市田と紅葉の見物がてらに、ジョギングをしていた。

そこに反対側からウォーキングをしている、見たことのある二人が近づいてくる。

「おや、めずらしいところで」

市田が声を掛けると、

「尾瀬以来、ご無沙汰しております」

蕪木が返事を返してきた。

「どうですかクラスの成長は」

薮田が笑顔で訊くと、

「お陰様で、普通に授業も、生活もできるようになりました」

蕪木らしくないまともな返事が返って来たので、薮田は、満足感を覚えるのだった。

「クラスがよくなって、あなたに余計な気を使わなくてもよくなったので、私も余裕ができました」

板倉が、嬉しそうに言った。

「私そんなに気を使うような話し方だったかしら」

蕪木は、相手のことを考えないで、自己主張をしていたことには、気がついていなかった。

「クラスに気を使うようになって、自然に相手に気を使うようになったんでしょう」

市田も蕪木の変化に気がついた。

「蕪木さんは、変わりましたよ。私には、まだ少しだけ言いたいことを言いますが、最近は周りの人には、気を付けて話をしていますから」

板倉が頭をかきながら言った。

「何言っているのよ。あなたにも気を使っているでしょ。今日だって、散歩なら航空記念公園がいいって言うから、狭山公園をやめたのよ」

「あっ、そうでした」

板倉は、蕪木に意見は聞いてもらえるが、従属関係は変わらないことを理解した。

「私は強引な人ではありません、今は」

「少しぐらい、前の蕪木さんらしいところがあっても、率直な話ができればいいんじゃないですか」

薮田は、人間は一度には変われないと思った。

「今日は、財前さんはどうしたの」

「一緒にいないと、おかしいですか」

「そうね、最近は一緒にいないと変な感じよね。女の勘というか」

「蕪木さんと板倉さんは、一緒のことが多いですよね」

「そうですか。そんなに会えるほど暇はないですけど」

板倉が、汗を拭きながら言った。

「でも、狭山湖の花見、戸狩スキー場、燕岳、尾瀬、そして今ここで」

薮田は、直感ではなく、事実で話した。

「家が近いからでしょう。あなたたちの山仲間にも参加しているし。あなたの方こそどうなの。戸狩スキー場、燕岳、尾瀬、そうそう西武球場、あのとき私たち、あなたたちの後ろの席にいたのよ。私ホークスファンなの。あなたもホークスファンなの」

蕪木には、意外な所で目撃されていた。

「ライオンズファンです。地元ファンは元気だから、少し静かな方を選びました」

「話がしたかったのね」

「まあ、そんなところです」

「やっぱりね」

「うん、私も財前さんとは、薮田さんは相性がいいと思いますよ」

市田が、二人の会話に入ってきた。

「私は前から何となく、二人は普通じゃないと思っていたのよね。でも、私はクラスのことで頭がいっぱいで、他人のことまで、考える余裕がなかったわ。今、落ち着いて考えると、二人はラブラブね」

「蕪木さんがそんな言葉を知っているなんて、知らなかったな。蕪木さんと板倉さんもラブラブなんですね」

「今何って言った。『は』じゃなくて、『も』って言ったわよね」

蕪木は、勘が鋭かった。

「えっ」

薮田は、余計なことを言ったことに気がついた。

「私と板倉さんも、ラブラブということは、あなたたちも、ラブラブってことね」

蕪木は、かいつまんで説明した。

「いや、言葉の言い間違いですよ」

薮田は、ごまかそうとした。

「本音って、スルッと出るのよ」

蕪木は、本来の自分になって、畳み掛けた。

「私も正直に言うから、あなたも正直におっしゃい。私は板倉さんが好きです」

「ひゃー、初めて聞いた」

板倉の顔がいっぺんに赤くなった。

「私が、正直に言ったんだから、あなたの番よ」

「はい、ぼくは、財前さんが好きです」

「よろしい。やっぱりあなたは、いい人ね。ごまかすことができないんだから。私の言ったことはウソよ」

「ええっ」

板倉がぽかんと口を開けて、頭を傾げた。

「えっ、今のウソですか」

薮田も、呆然となった。

「本当よ。本気にさせるために、脅したの」

「時々、昔の蕪木さんが出るんだから」

板倉が、自分の首を軽く叩いた。

「そんなに昔じゃないから、からかう癖が出るのよ」

「子どもたちは、まじめですから、そういうウソは学級指導に使わないで下さい」

薮田は、真剣になって言った。

「あなたの頭の中は、どこまでも学校なのね」

「山もあります。財前さんもあります」

「どれが一番頭の中にあるの」

「その時によります」

「それにしても、いつから二人は仲良くなったの」

「スキー場で遊んでからでしょうか」

「はっきりしないのね」

「スキー場で、遊んだのもそうですが、蕪木さんが、ぼくにぶつかって、ぼくが、悪く言われながらも、あなたを助けた頃から、よく話をするようになりました」

「じゃあ、私が仲を取り持ったわけね」

「間接的にですが」

「私もいいことをしているじゃない」

「そこは違うと思いますが」

「私がきっかけで、仲良くなったのでしょ」

「私が人助けをする行為を見て、何かを感じたのだと思います」

「私じゃなくてもいいわけ」

「まあ、そうですが、インパクトはありましたね」

「薮田さんも成長しましたよ。あの勉強が苦手な本木君をやる気にさせたんだから」

板倉が、話題を変えてくれた。

「そうですか。わかりますか」

「授業参観の時に、『ごんぎつね』の音読を本木君に指名して、しっかり表現読みができたんだから。『おれと同じ一人ぼっちの兵十か』『いわしのやすうりだァい。いきのいいいわしだァい』の感情の違いを、しっかり読み分けていたよね。よく内容を読んでいなければ、表現読みはできないからね。あのときは涙が出てきたよ」

「ありがとう。本木君にも今のことを伝えておくよ。きっと喜ぶよ」

薮田は、本木の成長を陰ながら喜んでいる板倉を見直した。

「市田さん、薮田さん、ジョギング中に失礼しました。また何かありましたら、お誘いください。失礼します」

話がひと段落したので、蕪木が挨拶をした。

「じゃ、また」

話を聞いていた市田が、挨拶代わりに、手のひらを挙げた。

薮田たちは、少し疲れたし、腹も減ったので、近くのレストランに入った。

「ナポリタンとコーヒーでいいね」

「いや、ぼくは紅茶で」

「お嬢さん、ナポリタン二つに、コーヒーと紅茶」

「紅茶は、ミルクにしますかレモンをお付けしましょうか」

「じゃ、レモンを」

ウエイトレスが行ってしまうと、薮田が話を切り出した。

「市田さんは、どこに行っても、相手を持ち上げるのが上手ですね」

「気持ちよく過ごすことが一番ですね。相手が喜びそうな言葉かけをするのが、私の信条だよ」

「学級でも、その信条で指導しているんですか」

「そうですね。いけないことは叱りますが、本人を否定することはありませんね。その子のいいところで、繋がりたいですからね」

「さすがですね」

「子どもは、必ず成長します。違うのは成長の速さです。自信がつけば、やる気が出てきます。だから何度もやらせて、経験を積ませてあげる必要があるね」

「知らなかったですね。そういうことを、やらせる時間や手立てはあるんですか」

「一つ目は、親御さんに協力してもらうこと。二つ目は、友だちです。その子に合った友だちを付けてあげること。三つ目は、先生が授業の中で、その子の活躍の場を作ってあげることです」

「すごいですね。関心がそれほどない奥手の子の配慮を考えているんですね。塾に行く子なんかは、関心だけは絶対にありますからね」

「塾と学校では、目的が違う。学校は人間形成が目的だよ」

「そうですね。ただ性格がよくても、学力がついていないと、自信が持てないので心配です」

「やればできると思わせるのが、先生の役割じゃないかな。遅れがちの子も活躍させてあげなくては」

「センスが教師にも求められるんですね。夢や、やる気を持たせてあげられる教師になりたいなあ。これも子どもと同じで、あこがれだけじゃ何も進歩しないんですよね」

「ある程度努力してみないと、教育技術というものは、身に付かないんだろうね。一人ひとり違った子を相手にするんだから」

「そうなんですか。結局、自分が成長しなくては、ダメだっていうことですね」

「そうだよ、その通りだよ」

市田が納得して、声に力が入ったとき、

「お待たせしました。ナポリタンでございます」

「お姉さん、おいしそうなナポリタンだね」

市田が褒めた。

「そうですか、ありがとうございます」

「ピンクのリボンが似合っているよ」

薮田がそう言うと、

「そうですか、ありがとうございます」

彼女は照れて少し頬を赤らめて、カウンターに戻った。

ウエイトレスが行ってしまうと、市田が言った。

「薮田も褒めるのがうまいじゃないか」

「市田さんの爪の垢を煎じて飲んだだけですよ」

「それじゃあ、美味しいナポリタンをいただこう」

少ししてから、ウエイトレスは、笑顔で二人の前に来た。

「コーヒーと紅茶をお持ちいたしました」

そしてコーヒーと紅茶をカップの絵柄が見えるようにして、膝を少し曲げてスプーンを添えた皿を静かに置いた。

「今日はあなたに会えてよかったよ」

市田がそう言うと、彼女は恥ずかしそうに戻って行った。

初しごと　初々しさに　笑顔あり　一生懸命の　姿うれしや

薮田は、彼女の物慣れない一生懸命さが、子どもたちの一生懸命さと重なって見えた。

「一首できましたね」

「頑張っている姿っていいですよね。未完成の中にこそ未来がある」

「そうだよ。チャレンジだよ」

市田は、コーヒーの香りを鼻で吸うように、うまそうに飲んだ。そして、また言った。

「私にだって見本になる先輩がいたんだよ」

「どんな人ですか」

「謙虚でどんな人の話でもよく聞いてくれたな。人の好い所を見つけるのがうまかったよ。困っていると親身になって相談に応じてくれたんだ。でも、彼の母親が病気がちで、静岡の田舎に転出していってしまったんだよ」

「今は頼りになる先輩はいないんですか」

「学び合える友だちはいるけど、この忙しい学校では、彼のような自信のあるやつはなかなかいないいね」

「市田さんがその先輩のようになっていけばいいんじゃないですか。少なくとも私や私たちの仲間は、市田さんを慕っていますよ」

「そう言ってくれると嬉しいけど、時間に追われていて、思うようにはできないのも確かなことだね」

「自信を持ってください。私たちは市田さんの力量と人柄を信じていますから」

「そうだね。後輩のためにも頑張ってみようかな。何事も、自信のあるやつには、人はついていくけど、自信のない頼りないやつには、不安でついていかないからな」

「相田みつをの『あなたがそこにいるだけで、その場の空気が明るくなる。あなたがそこにいるだけで、みんなの心がやすらぐ。そんなあなたに私もなりたい』ですね。市田さん、期待してますよ」

「大概の子はついて来てくれるものですよ。でも、自信のない子ややる気のない子は、魅力のある先生にならなくては、なかなかついて来てくれないかもしれない。だから、私も苦しんでいるんです」

「市田さんも苦しいときがあるんですか」

「教師は登山ガイドのようなものだよ。意欲のある者が、揃うとは限らないからね」

「登山の譬えで、目から鱗が落ちました。ありがとうございました」

外に出て、しばらく歩いていたら、途中で、小西に会った。

「こんにちは」

薮田が元気に挨拶をした。

「ウォーキングですか」

小西が、公園の脇道を歩いているのを見て、訊いてきた。

「さっきまでジョギングをしていたんだ。小西はどうしてここに」

「税金を払ってきたところだけど、公園を一周してから帰ろうと思って」

「付き合ってもいいですか」

市田が、小西に訊いた。

「一人より三人の方がいいですよ、話ができるし、お二人についていきます」

小西が向きを変えて歩き出した。

「この間の尾瀬で、薮田の苦手な人が分かったよ。蕪木さんだろ」

「その通り、蕪木さんには、今さっき、会ったばかりだよ」

「蕪木さんなら少し前、税務署に行く時、会ったよ。板倉さんと一緒だったな。そういえば、すごいニュースを言っていたな」

「何だい、そのニュースというのは」

薮田は、不安が脳裏を過った。

「薮田、おめでとう」

「何だい、いきなり」

「財前さんと結納交わしたんだって」

「それはこれからだよ。どうしてそんなことを言うんだ」

「蕪木さんから聞いたんだけど」

「財前さんのことが、好きだとは言ったけど、具体的なこと言っていないよ」

「私も聞いていたけど、財前さんとのことを無理やり言わされたというのが、本当の話だね」

市田も、呆れた顔になっていた。

「蕪木さんに話すと、話が大げさになるんですね」

小西も、蕪木の難しさが、やっと分かったようだった。

「つい口を滑らしたのが失敗だったな。何しろ相手が蕪木さんだからね」

薮田は、蕪木の変身を丸ごと信じた自分が迂闊だったたと思った。

「板倉さんもいたんだよ。彼の口は軽いからね。明日は職員室中に広まるね」

小西が、先のことを心配した。

「まずいことをした。今思えば、二人は、口から出まかせを言うタイプだった。明日は、学校へ早く行って、口止めしなくちゃ」

「しかし、蕪木ルートは止まらないですよ」

市田が、渋い顔をした。

「困るな、先走られては」

「この際、予定を早めて、どんどん進めてはどうですか」

市田が、積極的になってきた。

「えっ、予定が詰まっていく。相手がいるんですよ。何って思うか」

「大変なことは、私たちが面倒を見ますから。私たちは妻帯者ですから」

市田は、小西の了承を得ずに、この縁談を進める気になっていた。

「蕪木さんは変身しても、やはり蕪木さんだったんだな」

薮田は、戸惑って、ぼやいた。

「薮田、俺もこの話に乗ってもいいよ」

小西も、市田の話に乗り気になった。

「蕪木さんが噂を広めるなら、噂通りに事を進めた方が、かえって波風が立たないかもしれませんよ」

市田は、この話を完全に進める気でいる。

二人は打ち合わせがあるとかで、薮田は、置いてけぼりになってしまった。

意外な展開に、考え事をして、公園を歩いていると、

「おい、薮田」

振り向くと、川北が近づいてきた。

「こんな所で何してるんだ」

「さっきまで、市田さんと小西と一緒だったんです。今、別れたところですよ。ジョギングをしていたところです」

「私は、若梅小に用事で行ってきたところだけど」

「そうですか」

「考え事しているようだったけど、何かあったのか」

「蕪木さんが財前さんとの噂を振りまきそうなんですよ」

「いいじゃないか、うまくいっているんだから」

「でも、彼女が絡むと、ろくなことがないですからね」

「彼女も変わったんだから、気にしなくてもいいと思うけど」

「人間は、そう簡単には変われない所があるみたいですよ」

「具体的に話してくれないと、よく分からないな」

「要は、蕪木さんの口車に乗って、財前さんが好きだと言ったら、そのすぐ後に会った、小西に結納まで済ましたなんて、話してもいないことを吹聴しているんですよ」

「吹聴って、小西さんだけだろう」

「帰る道で会った人に、大げさに話しているんですよ。それに、仲良しの板倉さんと一緒なんです。板倉さんの口の軽さは、若梅小でも知れ渡っていますから」

「どこまで噂が広まるかにもよるが、ウソではないことだろう」

「いや、結納はまだ。両親には会って話はしていますが」

「いいだろう。そこまで話が進んでいれば」

「楽観的なんだから。あることないこと言いふらすに決まっています。蕪木さんですから」

「そう悪者扱いすることはないですよ。蕪木さんも先生なんですから。それに薮田には、学級経営で助けられているんだから。まさか恩を仇では返さないでしょう」

「そうだといいですけどね」

「所沢駅まで歩くんだろ」

「はい」

「じゃ、一緒だ。歩こう」

歩いていると、シートを敷いて、食事をしている人がいる。よく見れば、奈良先生と桃田先生だった。藪田が声を掛けた。

「桃田先生、どうして、こんな所で、食事をしているんですか」

「今日は、家庭科でサンドイッチを作ったの。作りすぎちゃって、結構余ったから、奈良先生と一緒に食べているのよ。食べます」

「いや、今食べてきたから遠慮します」

「土曜日は、半ドンだから、尾瀬の時の仲間に随分会いましたよ」

藪田は、指を折って数えてみた。

「じゃあ、財前さんにも会いましたか」

桃田が、興味ありそうな顔をした。

「そういえば、財前さんだけ会っていないね」

藪田が不思議そうに言った。

「尾瀬の時の謎は、解けましたよ」

桃田が自信ありげな顔をした。

「何ですか、謎って」

「薮田さんの好きな人」

「えっ」

薮田は、桃田の拘りに仰天した。

「ミステリーでは、犯人は、前段で出てきているのよ。怪しそうには見えないから、後で分かるの。スキー場、燕岳、尾瀬の共通点で、怪しくない人を除くと、残るは一人、財前さん、図星でしょ」

「そうです。蕪木さんが言いふらしているから、認めます」

「当人が分かっちゃって、残念だけど、まあ、いいか」

「桃田先生は、そういうことには、鋭いけど、肝心なところで、指導が今一なのよね」

奈良学年主任が、こぼした。

「桃田先生は、朗らかですから、いい面もいっぱいあります。隙がなくなれば、もっといい先生になれますよ」

川北が、燕岳のことを思い出して言った。

「確かに私って、一喜一憂するというか、いいときと悪いときが、極端なのよ」

「自分を知れば、考え方も変えていけます。大丈夫ですよ」

薮田が、桃田を持論で励ました。

「それではお邪魔しました」

川北が話に区切りをつけた。

公園を歩いていると、イチョウ並木があった。

「このイチョウ並木は雄株だけである。いや、雌株もある。どっち」

「いきなり問題ですか。ここを歩いた印象では、銀杏の臭いを嗅いだことがないから、雄株だけ」

「残念、ここを行ったところに雌株が二株あるらしい。なぜ」

「……分かった。雌株がないと、雄株は立っていられないから」

「正解」

「蕪木さんも女性ですよ。そう悪く言うもんじゃないです」

「分かっていますって、あの人は余計なことを言わなければ、大竹しのぶに似ていますから」

「ほおう、大竹しのぶね、確かに童顔だし、可愛いね」

「性格がよければ、美人ですけどもね」

「最後に『ね』が付くと否定の意味を含むか」

「要は見かけはいいということです」

「板倉さんが惚れているんだろう」

「そうです。彼は面食いですから」

「薮田はどうなんだ」

「はっ、本質的には同じです。すみません」

「謝ることはないよ。私もだよ」

「大人になると、違う面も見えてくるんですよね」

「そういうことだろう」

13　どんでん返し

藪田は、新宿のデパートに、すり減った登山靴に代わる新しい登山靴を買いに行った。帰りの西武新宿線は、土曜日の午後でも、それほど混んではいなかった。

買ったばかりの新田次郎の本を読んでいたら、うとうとしてきて眠ってしまった。

電車が揺れて、誰かの脚が、藪田の膝に当たった拍子に目が覚めた。おぼろげに見た顔は、どこかで見た顔だった。目を閉じてから、覚醒の電流が脳裏に走った。目を開くと、大竹しのぶではなく、蕪木だった。

「藪田さん元気」

「やっ、蕪木、蕪木さん」

「気持ちよさそうに寝ていたから、声を掛けなかったのよ。ごめんなさい、起こしちゃって」

にやっと不敵な笑みを浮かべた。

「ああ、いいですよ。眠るつもりじゃなかったので」

藪田は、また何か絡まれるのかと、身を引き締めた。

「その後、お変わりありませんか」

蕪木は、空席だった薮田の左に座った。

「学校は忙しいし、取り立てて変わったこともありませんよ」

「あっちのことよ」

「あっちって何ですか」

「あっちって言ったら、財前さんのことに決まっているじゃない」

「ぼくは、そんな指示語で分かるほど、勘がよくないですよ」

「あら、電車が駅に着いたわよ」

「ここは東村山じゃないですか。ぼくは西所沢です」

「とにかく、ここで降りて。話がしたいのよ」

「また、クラスの問題ですか」

「お陰様で、クラスは何とか普通に授業ができるようになったわ。さあ、降りて」

蕪木が薮田の肘を引っ張る。

薮田は周りの目を気にしながら、

「よかったじゃないですか」

薮田は、腕を組まれて、ホームに降ろされた。

「ねえ、私のうちに来ない」

「いいんですか。板倉先生が気にしますよ」

「彼は、昨日から仲間と箱根に行って明日まで帰ってこないわよ」

「猶更よくないですよ」

「あなたは、結婚相手が決まっているんでしょ」

「まあ、そうですけど」

「それならいいじゃない」

「よくないですよ。独身女性の家に行ったなんて、悪い噂がたったら困ります」

「私だって板倉がいるんだから、変なことにはならないわよ。あなたには、お世話になったわ。コーヒー一杯じゃあ、申し訳ないわね」

「そんなこと気にしませんから」

「こんな所で言い合っていたら、恥ずかしいじゃない。駅を出ましょう」

薮田は、右腕を強引に蕪木の左腕に抱えられて、その右手は蕪木の右手にしっかり握られて、引っ張られるように、改札口から出された。

「いいですよ。同業者なんだから」

「お礼させてよ。そうじゃないと、私の気が済まないの」

「短時間ならいいですけど」

「お寿司嫌いじゃないでしょ」

「基本的に好き嫌いはありません。給食で鍛えられましたので」

「ここで、電話しておくわ。特上寿司は時間がかかるから」

蕪木の家には、歩いて10分ほどで着いた。

「駅から結構近いんですね」

薮田は、そう言いながら間取りや装飾に目を凝らした。

「そうね。彼の家も近いのよ。さあ、ここに座って」

蕪木は薮田を奥のソファーに座らせてから、お茶を入れて持って来た。

「家が近いので仲良くなったのですね」

「そんなところかな。さっき、特上寿司頼んだから」

「いいんですか、そんなに奮発して」

「いいのよ。たまにじゃない」

「ぼくは、市田さんにおごってもらって以来、特上は、食べていません」

「なに貧乏くさいこと言っているのよ。同業者でしょ」

「根が貧乏ですから」

「みんな同じよ。貧乏から始まったの。あんたビール飲めるんでしょう」

蕪木は、そう言うと、奥に行き、グラスとビール瓶を持って来た。

「ぼくはダメなんです」

「ウソおっしゃい。いける口なんでしょ」

「本当に飲めないんです」

「じゃあ、一口、舐めるだけでも」

「それじゃあ、少し」

「ああ、ひっこめないで、零れるでしょ、もったいない。じゃあ、私についで」

「相当いけそうですね」

「私もそんなに飲めないの、形だけよ。それじゃあ、乾杯」

「何に乾杯ですか」

薮田は、何故ここに来ているのか、今一よく分かっていないのだ。

「私のクラスを立ち直らせてくれたお礼よ」

「それじゃ、乾杯」

薮田が、グラスを合わせた。

「乾杯、冷えていて、おいしいわね」

「ぼくは、あんまり」

「折角なんだから、もっと乗りなさいよ。しんみりさせないで」

「板倉さんは飲める方ですよね」

「同じ学校で、何を言ってるのよ」

「お二人は、いつ、ご結婚を」

「ぷっ、……少しこぼしちゃったじゃない。急に変なこと言わないで」

「仲が良かったら結婚するでしょ」

「それは考えたことがないとは言わないけど」

「いつ頃ですか、予定は」

「あんたはどうなのよ」

と言って、一気にビールを飲み干す。

「ぼくは、この秋かな」

「かなって、はっきりしなさいよ」

「市田さんたちが、どこかを借りてやりましょうって」

「はい、ついで」

「どうぞ」

「あんた自分の結婚式を他人任せでいいの」

「蕪木さんが、いろいろと噂をしてくれましたので、早くしようということになりました。有志を募って、式を挙げてくれるそうです」

「自分で予定を組んで、頼むんじゃないの」

「ある程度は、日程とか、披露宴の参加者とかは打ち合わせをしていますが」

「あんた披露宴のメンバーに、もちろん私は、入っているわよね」

「予算の関係で、まだ、人数とかまでは決まっていません」

「それなら、私も入れておいてよね。ご祝儀、親戚並みにしておくから」

「はあ、入れさせてもらいます」

「毎度、特上届けに来やした」

蕪木は、足早に玄関に行った。

「ありがとう。安くしてくれたの」

「へっ、いつもの通りで」

「はい、丁度」

「毎度あり」

「お待たせ。いただきましょう。あなたって、高いのから食べる方」

蕪木は、そう言いながら、飯台をテーブルに静かに置いた。

「高い方です。お腹が空いている方が、よりおいしく感じますから」

「そう、それなら何がいいの」

「大トロですね」

「私と同じだわ、はい、どうぞ」

蕪木が、色っぽい目で見る。

「ありがとうございます。でも、好きなものばかり食べないで、ちゃんと半分ずつ食べますから安心してください」

「食べさせてあげたかったの」

蕪木は、甘い声を出して、一貫を薮田の口元に持っていった。

薮田は、口をもぐもぐさせて、おいしそうに食べた。

「いつも板倉さんには、そうやって食べさせてあげるのですか」

「最初だけ、今は普通よ」

「じゃあ、今は特別なんですか」

「そうよ。と、く、べ、つ、特上よ」

「板倉さん、焼きもち焼かないかな」

「は、こ、ね」

蕪木は、薮田の右肩を中指と人差し指で歩く真似をする。そして、彼女は、腰を薮田の腰にピッタリすり寄せた。

「分からなければ、いいってわけはないですよね」

薮田は、半身になって言った。

「どんどん食べて、飲みなさいよ」

そう言って蕪木は、薮田のグラスにビールを注いだ。そして、今度はヒラメの握りを薮田の口元に持っていくとき、シャリが一部落ちそうになって、左手を添えた。酔った勢いで、のめってしまい、薮田の首に右手を回し、左手で受けたヒラメの握りを薮田の口に押し付けた。蕪木は手で支えることができずに、胸を薮田の胸に押し付けた。薮田は、思わずのけ反った。と同時に、蕪木の顔が薮田の顔の前にあった。蕪木の唇が薮田の唇に触れた。薮田は寿司を飲み込んで、

「冗談はやめてください」

「ごめんなさい。酔っちゃったみたい」

「そういうのは板倉さんとやるべきです」

「ヒラメが箸から落ちそうになって、慌てたのよ、驚いた」

「当たり前でしょ。からかわれるだけだったのに、一線を越えそうになりましたよ」

「あんたの飲みっぷりが悪いからよ。板倉がいた方がよかった」

「いつも蕪木さんは他人のせいにするんですね」

薮田は、ビールを一気に飲んだ。

「うふっ、薮田さんてさ、女性関係って多い方」

「えっ、また、いきなり、なんですか」

「結構、モテているようだから」

「あっ、そうですね。まあ、多い方ではないですね」

「でも、学生時代とかにつき合っていた人いたでしょ」

「え、それは、もちろん」

藪田は、頷きながら言った。

「何人くらい」

「何人！　そうですね、まあ、二、三人はいますけど」

「二、三人って、自分で二人か三人かわからないの」

「本当は二人です」

その時、蕪木は、ぷふっとビールをこぼした。それが藪田のグレーのズボンにシミを作った。

「ごめん、大丈夫、つい吹き出して」

「別にいいです」

「でも、財前さんに言っちゃおうかな」

「ずるいです。勝手に訊き出して」

藪田は、膝に手を置き、手をもじもじした。

「板倉さんとは仲がいいですが、あなたは処女ですか」

「想像にお任せします。うふふ」

蕪木は、ビールを自分で注いで、ぐっと飲む。

藪田は寿司を適当に取って、ぱくついて、蕪木をにらんだ。

「何見ているのよ」

「やっぱり処女じゃないんだ」

「何言うの、勝手に想像すればいいでしょ」

「処女なら処女と言えるでしょ」

薮田は、ビールを自分で注ぎ目線を蕪木に向けた。

「だから」

蕪木は、伏し目がちになり、横を向く。

薮田が、急に身を乗り出す。

蕪木は、立ち上がり、ソファーの後ろに逃げる。

「やめて、ちょっと待って、あの、あんた酒乱なの」

「少しの酒で酔いますが、気が大きくなるというか、自分が抑えられませんね」

「ああ、落ち着いて、話が変な方に行って、何か違うのよね」

「処女なら。それとも、こっちも立ちましょうか」

薮田は、腰を浮かす。

「あっ、やだ、そのまま」

「行くべきか、行かざるべきか」

「うん、何嫌がっているんだって、変な気持ちだけど」

蕪木は、顔がこわばって、荒い息をした。

ピンポーン、ピンポン、ピンポン、ピンポン
「あら、やだわ、板倉よ」

「ドアホンでなぜわかるんですか」

「あのピンポンは合図なの。早く、そこの窓から出て」

「箱根は」

「分からないわよ」

「これ、靴、特上も、ボールに入れたのでぐちゃぐちゃ、味は同じよ」

薮田は、靴も履かずに窓から飛び降りた。

ピンポーン、ピンポン、ピンポン、ピンポン
蕪木はソファーのクッションを裏返し、グラスを流しに片付けると玄関に急いだ。慌てて、ドアにつんのめって、鍵を開けた。

「どうしたの」

板倉の胸に抱き着く。

「何していたんだ。合図のピンポーン忘れていないだろ」

「トイレよ。ちょっとビール飲んでいたので、行きたくなったの。

箱根はどうなったのよ」

「箱根は、夕方から雨、明日も雨って言うから、帰って来た」

板倉が靴を脱ぎ、リビングに入る。

「臭いなあ、ビールいつから飲んでいたんだ」

「臭う」

「臭うよ。飲んでいるときは、いい匂いだけどなあ、飲んでないとなあ」

板倉が、ひじ掛けに、凭れるようにソファーに座る。

「そう思って、窓を開けたわよ」

「さすが気が利くね」

「飲みなおさない。お疲れに一杯」

蕪木は、体を揺すりながら、グラスを二つ持ってきた。

「帰って来た早々、気がつくね」

14　すべてを越えて

喫茶オアシスには、笑い声が響いていた。

藪田と財前の結婚式の日取りも決まり、すべて自分たちの運営で披露宴をすることになった。式は仏前で簡単に済まし、近くの公営の会場を安く借りることができたのである。

式の段取りも決まり、藪田は、結婚式の仕掛け人である蕪木が、藪田を彼女の家に呼んだエピソードを余談として話した。

「蕪木さんのうろたえるところが見たかったですね」

川北が、藪田の名演技に感心しながらも、普段と違った蕪木のろうばいする姿を思い描いていた。

「藪田さんの女性体験談を逆手にとって、蕪木さんの処女説に持っていったところがよかったな」

市田も色恋の話には関心があるらしい。

「逆転満塁ホームランですかね」

小西も、藪田が散々やり込められていたのに、蕪木を慌てさせる演技をしたのを面白がっていた。

「誰でも余裕があるときは、冷静に自分が出せるんですが、火の粉が降りかかれば、防戦に回るんです」

市田が冷静になるには、余裕が必要であることを強調した。

「あの段階で、薮田さんを家に招くなんて、何を考えていたんでしょうね」

小西は、薮田を蕪木が家に呼ぶ話に戻した。

「板倉さんがいないときに、招くということは、油断があったということですよ」

市田が断言した。

「薮田さんをいびるだけ、いびって楽しみたかったんじゃないかな」

川北は、蕪木の性格が薮田を招いた本質だと言いたげだった。

「ありがとうございます。皆さんのお陰でいい結婚式ができそうです。ぼくが、余談で話した蕪木さんのことの方が盛り上がってしまったので、すいません」

薮田は、すっかり恐縮してしまった。

「そんなことないよ。蕪木さんには、みなさん、多かれ少なかれ不満があるから盛り上がるんだよ。それでも、蕪木さんは薮田さんと会って、変わりましたよ。だから、家に呼ばれたんです」

川北が薮田を弁護した。

「蕪木さんの心も、二転三転したと思います。クラス立ち直りへの感謝から欲情、からかい、薮田の本気さに動揺、突然の板倉の帰宅による焦り。電車で会ってからの思いつきの計画では、対応できなかったのでしょう。薮田の言うように余裕がないとだめだね」

小西が余裕のない計画は、楽しめないことを主張した。

「薮田を、もてなすはずが、からかいたくなったんだね。弄ぶはずが、薮田が本気で、迫るので、慌てたんだよ。きっと。蕪木さんは、今度のことで、薮田さんを一目置くようになるだろうよ」

市田が、話をまとめてくれた。

「蕪木さんも披露宴に出ますので、みなさん、ジロジロ見たり、振り向いたり、意識しないで下さいね」

薮田が、勘の鋭い蕪木の気持ちを案じた。

雲が鱗雲に変わり、すっかり秋らしくなった。

薮田は、結婚式の最終打ち合わせを済まして、中央公園に寄った。そこで、私用で打ち合わせに来られなかった財前と待ち合わせをしていた。

「財前さん、結婚式まで二十日余りですが、山に行ってこようと思います」

「どうして忙しいときに山に行くんですか」

「これまでの自分を見つめなおしてみたいんです。それには自分に負荷を与える山に行ってみたいんです」

「その山はどこですか」

「巻機山です。以前登ったことのある山です」

薮田は、正確には言わなかった。今度登るのは、以前に登った一般向きの井戸尾根コースではなく、ヌクビ沢を登るコースであった。実線で書かれたコースではなく、破線で書かれたコースである。破線で書かれたコースは、登山道が切れ落ちた崖になっていたり、道に迷いやすかったりする上級者コースなのである。しかも、このヌクビ沢コースは割引沢《われめきざわ》コースと共に、下山禁止の難コースであった。

「以前登ったことがあるから心配ないと思うけど、無理をしないでね」

「大丈夫だよ、結婚式が控えているんだから」

薮田は、平静を装って、笑顔で答えた。

「そうよね。大丈夫な山だから行くのよね」

財前は、二度目の山でも、単独行だということが、心配だった。

「ああ、心配しないでいい」

「雲がきれいね」

財前は、気を紛らわすために、話を変えた。

「今年最初に意識した雲は、陣馬山だったね」

「あの時の雲は、生まれたり、消えたり、不思議な雲だったわね」

「うん、雲の行方は、分からない。でも、気温の上昇とともに生まれてくる」

「鱗雲は、夏の入道雲と違って、かわいいわね」

「アルディラって覚えている」

薮田は、新しい生活に臨むにあたって、考え方を変えるヒントが、未知のルートを乗り越えることにあると考え、アルディラを思い出した。

「アルディラ！」

「スキーのとき、雪のせいでレストランに閉じ込められたでしょ」

「あの時の歌アルディラ」

「そう、意味覚えている」

「……遠くへ、すべてを越えて」

財前は、少し時間がかかったが、アルディラを思い出した。

「そうなんだ。今、ぼくらは雲に乗って、すべてを越えて幸せになる」

「聴きたいわ、アルディラ」

「どこか聴ける喫茶店ないかな」

「オアシス」

「行きましょう」

桜坂駐車場で、トイレを済ませ、登山口に入る。入口に大きな看板があって、ヌクビ沢コース、割引沢《われめきざわ》コースは、八月中旬までは残雪があって、入山要注意のようなことが書いてあった。十月なら大丈夫と井戸尾根コースを見送って、沢沿いへ行く。30分ほど歩くと、分岐があり、右のコースは沢がなく、歩きやすそうだが、どうせ登るなら、滝を見たいと、左へ行く。

確かに、ここは普通の登山道ではなかった。川幅は10ｍ少々だが、断崖で深かった。割引沢の水量は少ないが、水がエメラルドグリーンで、流れが穏やかで、きれいだった。しかし、傾斜がきつく、歩く所は30㎝ほどで狭く、やや傾斜しており、しかも、水が染み出て、ちょろちょろ流れていた。川というと砂利や砂が河原にありそうだが、そんなものはなかった。まるでコンクリートで固められたようなスラブ状の川底を静かに水が流れている感じだった。花崗岩を削りあげた沢の縁は、のっぺりしていて、まるで急なすべり台のように見えた。その縁を綱渡りでもするように、緊張して歩いた。

しばらく歩いていると、滝があった。沢にある滝だから、それほど立派な滝ではなかったが、緊張して見る滝は、初めてだった。吹上の滝、アイガメの滝の所では、激しく水が迸るほど勢いを感じた。それも直ぐに穏やかな流れになった。

その時、結婚前に来る場所ではないという思いが、一瞬心に浮かんだ。

川幅が広くなり、川底に石が増え、水面から顔を出している石が見られるようになった。近づくにつれて、川音がザワザワと聞こえるようになったので、ヌクビ沢の出合に出たと思った。

初めの巻道分岐の道と合流したようである。川の中の大きな石に赤い字で矢印が書いてあり、左が割引沢、右がヌクビ沢とあった。ふと見ると、川とは別に右手に道があり、赤いリボンがあった。

赤いリボンを辿って、しばらく歩くと、赤いリボンが見つからない。小さな滝があるだけで、登山道も赤い印もないのだ。迷ったら引き返せが、山の原則だから、分岐まで戻ったが、印があるのは、今の道だけに思えた。仕方がなく、もう一度同じ道を進んだ。

滝を越えると、登山道が現れるというので、滝の右横から無理をして登ってしまった。登るとき、岩がぬるぬるしていた。這い上がるのに、頭を下にして、足を上の岩に掛けて、腕の力で登り切り、滝を越えた。

これが登山道か、納得できなかった。しかし、滝を下りようと近づくと、下りるのは難しい。足が届かないいし、腕の力でぶら下がって、足場に届いても、ぬめりで足を滑らせて落ちると、怪我をする。動けなくなるかもしれない。すると、独りぼっちになる。遭難する可能性が頭をよぎった。今は五体満足であることだけが自由だった。

滝を登ったのは、失敗だったかもしれない。でも、迷ったら上に行け、という鉄則もある。

薮田は、水量の少ない沢を歩き、滝を更に二つ越えた。三つの滝を越えて、確信した。道を間違えた。

こうなったら、登るしかない。滝をいくつか越えると、最初に出くわしたのっぺりしたスラブ状の岩に似た沢にやって来た。ウォータースライダーにそっくりだ。この滝には水がちょろちょろ四方に流れており、真ん中には赤い○印がはっきりと見えた。そして、そのすぐ近くに大きな鉄の輪が一つ打ち込まれていた。鎖はなかった。

ここが、かつて登山道であったことは、間違いない。薮田はそののっぺりしたスラブ状の滝を登った。水がない所は意外と滑らなかった。

薮田は地図を見た。ヌクビ沢ではなく、三嵓沢《みくらさわ》に迷い込んだようだった。

滝を十ほど登ったら、どん詰まりになり、沢は30㎝幅の沢になっていた。笹薮に囲まれていて、抜け出せそうにもなかった。最後の滝を覗いたが、下りるのはリスクがあり、このリスクが十くらい続くことを考えると、下りる気にはなれなかった。

笹薮に入り、沢を頼りに、もう一度抜けようとするのだが、笹が邪魔をして抜けられそうにもない。

孤独感が急に襲ってきた。誰もいない。体はどこも異常がない。しかし、閉鎖された壁に取り残されてしまった感じがする。財前さんとは連絡が取れない。心配して連絡するだろう。深夜になっても連絡が取れなければ、どう思うだろうか。遭難したのでは、きっとそう思うに違いない。次から次に不安が浮かんでくる。

何とかしなければ、可能性を探すんだ。周りを見ろ。冷静に周りを見回すと、雲取山で見たような幅の狭い縦状の滝があるのを発見した。

岩が縦に階段状に並び、焦げ茶色の急峻な滝という感じだが、普段は、水がぽたぽたと落ち、清水が僅かに流れているようなところである。ところが、大雨が降ると、勢いよく音を立てて落ちる滝になるところだ。山では時々こういうところは、見かけてきたが、実際よく見たり、まして登ったりしたことなどなかった。

だが、今回はそこに活路を見出さざるを得なかった。

上を見上げると、急に見えるが、岩の脇には草が所々に生えている。登りづらい所は、草を掴んで、伝っていけば、登れるような気がした。

二つ岩を登ってみた。下りようと思えば下りられる。ダメなら下りてこよう。よしやってみよう。

段差がある所は、岩の脇の草を掴みながら、上へ上へ登って行った。岩には、ぬめりはなかった。草を掴んで登る所の土は、黒くやや滑りがちだったので、草を二点掴み、体重を掛けても大丈夫と感じた時、一方を放し、上方の草を掴むようにした。岩と両脇の草を伝わりながら、登って行くと、青空が広くなってきた。何となく広い所へ出るような気がした。

予想が当たり広い斜面に出た。見下ろすと、正面に、登山口と思われる所が見える。高速道路みたいなものも見える。振り返って、この上に行けるのか見てみるが、さっきの所と同じようで、笹薮に囲まれていた。

何度か藪漕ぎをやってみるのだが、笹の上に足を置くと、笹の茎の束が、抵抗の少ない滑り台になって、股が開き、転んでしまうのであった。

体はどこも負傷していないのだから、無理をしないで考えることにした。

落ち着いて下界を見ると、近くのこぶのような山が見える。見渡しているうちに、茂みの先に、登山道のようなものが見えた。あそこだけが一筋に、土が見えるのは不自然なので、登山道であると確信した。しかし、あそこまで行くには、50m近く、藪漕ぎしなくてはならないような気がした。鉈を持っていないので、あそこに出るのは、容易ではなかった。

あそこを登山者が、下山してくるのを期待するしかなかった。もし今日がダメなら、明日来る登山者に救助を願うしかない。できたら今日、遭難を知らせたい気持ちが強かった。

しばらくすると、数人の登山者が下山してきた。あそこは、鞍部になっていて、こちらの方の紅葉が見られる絶好の場所に違いない。

こっちを見た。眺めている。ザックを振って大声を出した。

「遭難、助けて」

キョロキョロしているが見つけられないようだ。笛を吹いた。

ピー、ピー、ピー、ピー、ピー
こっちを見た。ザックを高く持ち上げて、

「遭難した。助けて。救助の応援頼みます」

何回も繰り返した。必死だった。

「遭難了解。遭難知らせます。救助隊呼びます。そこを動かないで下さい」

「ありがとうございます。お願いします」

「絶対に助けます。頑張ってください」

そう言うと、登山者は下山していった。

何とかなりそうだが、どうなって助かるのか、皆目見当がつかなかった。

助かりそうになったら、財前のことばかりが気になってきた。心配しているだろうな。怒っているだろうな。知り合いに電話しているかもしれないな。孤独で、薮田は独りぼっちの気持ちになった。

明日は日曜日、明日までに帰れなければ、いろいろな人に心配をかける。いろいろな人に迷惑をかける。頭に浮かぶことは、悪いことばかりだ。楽しいことも、嬉しいことも、幸せなことも、いいことは考えようとしても、何も考えられない。

『やればできる』の詩だけが頭をめぐっている。どこで道を間違えたのかが分からない。渡渉する所があったのか。

残っている菓子パン二つと500㎖のお茶を飲む。サンドイッチは、歩きながらすでに食べてしまった。あと残っているのは、野菜ジュースとかりんとう、だけだった。

明日、本当に助けが来るのだろうか。疑う心が浮かんでは、冷静に否定する。

周りが暗くなってきた。遠くから電車の音が聞こえてくる。夕空に、星を発見する。近くで清水が流れている音がする。次第に寒くなってきた。着替えのために持ってきたティーシャツやフリース、カッパなどを全部着込んだ。そして、ザックの中に登山靴を履いたまま、足を突っ込んだ。最後に毛糸の手袋を付けた。

空は夜空に変わった。街の明かりがチラチラする。人を感じるのは、家の明かりと、電車と車の音だけだった。

何故か人が恋しくなる。財前のことが気になる。孤独感が襲ってくる。

風が気になる。水音が気になる。草や木が揺れるのが気になる。

人恋しいと同時に、熊が出ないか蛇が近くにいないか気になって来る。考えることは嫌なことばかりだ。

夜空が変化する。星空が雲で一瞬ベールに包まれる。明かりのない世界では孤独感が走る。目を閉じても眠れそうにない。頭の中を様々なことが浮かんでは消えていく。やることがないと空虚感に襲われる。そして、その空虚感に入り込むのは、いつも財前のことだった。電話が何回もかかってきているような気がする。

星が雲で隠れたり、雲が消えて星が現れたりを繰り返した。

夜になっても藪田から電話がないので、財前は、市田に電話を掛けた。

「市田さんですか、夜分すみません」

財前は、興奮して早口で言った。

「どうしました」

市田は、財前からは、個人的な電話を受けたことがないので、気になった。

「薮田さんから電話はありませんか」

「いいえ、ないですけど、何か」

「もう、九時なんですけど、電話があってもいい頃なんですけど」

「そういえば、薮田は巻機山に行ってくると言っていたな」

「巻機山なら、もう帰ってきてもいいはずです。帰ったら電話くれる約束なんです」

「そういえば、変だな。朝、四時前には高速に乗ると言っていた。アルプスではないし、とっくに帰っていい時間だ。渋滞の可能性もあるけど、問い合わせてみよう」

「そうしていただけると助かります」

「地元の警察などに連絡するので、待機しておいてください」

「はい」

一時間ほどして市田から財前に電話が掛かってきた。

「はい、財前です」

「財前さん、県警に連絡したところ、薮田名義の車が、桜坂駐車場に停まっているとのことだった。一方、登山客から救助隊に連絡があって、遭難者を発見したそうだ。きっと薮田さんだ。別の尾根に登ってしまい、下山できない状態だそうだ。命に別条はないし、怪我もしていないそうだよ」

「そうですか。助かるんですか」

「明日、朝一番でヘリコプターで救助してくれるそうだから大丈夫だ。地元の救助隊も、尾根から救助に向かってくれるそうだから、心配ない」

「ありがとうございます。私どうしたらよいでしょうか」

「帰るまで待てばいい。あまり責めちゃいかんよ。本人は猛省しているだろうから」

「はい、ありがとうございます。連絡を待ちます」

人間は、ぼ〜っとしていることができない。周りに人がいなくて、やることがないと、自分の時間をうまく使うことができない。

何故、自然に身を置くことができないのだろうか。動物は自然の中で、うろたえたりしないだろう。自然をそのまま受け入れるのではないだろうか。

藪田は目を閉じた。とりとめもなく考えて時間を過ごす。時々、目を開いては、夜空を眺めた。財前の心配している顔が思い浮かんでくる。

「武士道とは死ぬこととみつけたり」という言葉が頭に浮かんだ。

自分のためよりも、殿様や公のために生きる覚悟が武士にはあった。

今の時代は主体は自分だ。それに財前さんもいる。生きることに価値がある。社会においては定住することが安心安全である。「棲む」って動物に使う言葉だけど、『世に棲む日日』という司馬遼太郎の本がある。どこにいても自分らしく生きることが棲むという意味なのか。幕末の志士は安住せず、常に動いていたではないか。

一睡もできずに、時間が過ぎていき、そして、朝日が昇ってきた。明るいというだけで、心が落ち着くのであった。日の出とともに、急速に気温が上がって来る。今、目にしているものが、美しく輝きだす。紅葉がきれいだった。今まで、紅葉どころではなかった。

感動は、気持ちの余裕の上に起こるものなのだろうか。自然と動き出したくなってくる。本来動物はそういうものであるのだろう。

朝日と共に、どういうわけか映画の『ブッシュマン宣言』を思い出した。日が昇るから目を覚ます。目を覚ますから腹が減る。腹が減るから狩りをする。狩りをするから飯食える。飯食えるから金要らない。金要らないから働かない。働かないから時間がある。時間があるから遊んでいる。遊んでいるから不満がない。不満がないから喧嘩がない。喧嘩がないから気分がいい。気分がいいから眠くなる。眠くなるから日が沈む。日が沈んだら後は知らない。だからアフリカは平和です。だから僕らはブッシュマン。

自然と共に生きているブッシュマンは、自然をすべて受け入れることができる。都会の便利な生活に慣れきってしまった薮田は、自然の中では、生きられないような気がする。

朝日に染まる山々と、紅葉を眺めていると落ち着いてきた。雨風の心配がなければ、安息の一日の始まりである。先があると思えば、人間は落ち着いていられる。夕方までに救助されれば安心だ。

唯一の食料のかりんとう、と野菜ジュースをいただく。ブッシュマンと同じ気分であった。六時半ごろであった。ブルブルブルブルブルと遠くから音が聞こえてきた。段々音が大きくなってきて、音のする方を見ると、ヘリコプターだった。助かったと思った。しかし行ったり来たり、旋回するだけで、薮田を見つけてはくれないようだった。

赤いザックを上下に大きく振っているのに、すぐ横を通り過ぎても気がつかないようだった。笛を吹いても、ヘリコプターのエンジン音に負けてしまって、音は届かないようだ。10分ほど同じことを繰り返していたが、ヘリコプターは、薮田を発見してくれなかった。

登山のテレビを思い出した。折り畳みの鏡を取り出し、朝日を反射させ、手前から鏡の反射を見て、少しずつ山の方へ光を移動していった。ヘリコプターが鏡の反射位置に来るのを待って、角度を少しずつ変えてみた。

ヘリコプターに反応があった。こっちに向かって、飛んできた。しかし、通り過ぎて行く。また戻ってきて、真上に来た。少しホバリングして、また行ってしまう。鏡をヘリコプターに向けていると、また引き返して来て真上を通り。それからは、元来た方へ帰ってしまった。

薮田は、ヘリコプターが発見してくれたように思ったが、行ってしまったので、がっかりした。

九時半ごろ、薮田が暗い気持ちで待っていると、ヘリコプターの音がしてきた。今度は、真っ直ぐに、薮田のいるところに来て止まった。ホバリングの風が強くて、目が開いてられなかった。上から救助隊員がロープで降りてきた。

「薮田さんですね」

「はい」

「抱き着くようにつかまって」

「ザックが」

薮田は、足元近くにあるザックを指さした。

「気流が強いので、そんな余裕がない。早く」

「はい」

薮田は、恨めしそうに、ザックに別れを告げた。ザックには、カメラが入っていたのだ。思い出も遭難の事実も置いてけぼりだ。

ロープが上がるにつれて、ヘリコプターの音が、やかましくなった。下が見られないので、全く怖くはなかった。必死だった。

ヘリコプターには初めて乗ったのだが、景色を楽しむ余裕も、時間もなかった。あっという間に着いてしまったからだった。

林の中にヘリポートがあった。そこへヘリコプターは降りた。

そこには、パトカーが停まっていて、薮田は、パトカーに乗せられた。林を抜け、狭い道を走り、人家がある道に出た。集会所のようなところの前で、パトカーが停まった。

その平屋の家に通されて、定位置に丁寧に案内されて座った。

警察署、消防署、民間の救助隊、県警の救助隊、救護班の方々、町長ほか町のお偉方が、ずらりと並んでいる。

テーブルには、おにぎり、お菓子、５００mlのペットボトル、お茶などが並んでいた。何と準備のいいことだろう。

薮田の知っている人は、誰もいないのに、この歓迎ムードは何だろう、薮田は、何となく安部公房の小説の世界に入ってしまったような気持ちになった。薮田自身が、闖入者なのに。名乗りもしないで、周りが静かになると、薮田の向かい側に座っている人が、いきなり話し始めた。

「今回は大変でしたね。いやあ、運がよかったですよ。本県でしたから、救助隊の費用は、タダです。これが他県の場合は数十万円かかることもあるんですよ。さらに救助が長引けば、費用は加算されていきますから大変ですよ」

「助けていただき、ありがとうございます」

「早く救助されたんだから運がよかったですよ。ただ、今回は民間の救助隊も救助に出ていますから、その方は、少しだけお金が掛かりますがね」

すぐ隣の別の人が付け加えた。

名乗りもしないで、そう言われても、受け入れるよりしょうがない。こっちは、助けてもらったのだから、感謝しかないと、頭が真っ白になっていると、

「寒かったでしょ、お腹が空いているでしょ、どうぞ遠慮せずに、召し上がってください」

「はあ」

と、おにぎりを一ついただく。しかし、疲れと緊張で、食欲はない。唾液が出てこないのである。

何故か皆にこやかで、寛いでいる。

薮田は、怒られるのではないかと、恐縮しているので、一向に食が進まない。

「どこで、道を間違えられたかな」

笑顔で鷹揚な人が訊いた。

「ヌクビ沢出合辺りで、赤いリボンを頼りに歩いていたら急にリボンがなくなりまして、戻ってみたら確かにリボンがあるので、リボンの消えた滝を越えました。どうも三嵓沢に入ってしまったようです」

「あそこは、迷いやすいですから。〇〇さんはまだ見つからないのでしたね」

締まりのない顔をした人が言った。

「もう、一年になりますので、どうなったのかと」

端の方にいた頭の髪が薄い人が、困った顔をした。

「ここは、迷う人が多いんです」

白髪頭の人が、眉間にしわを作って、こっくり頷いた。

「もう少し印をはっきりしていただければ、間違えずに助かります」

薮田は、謙虚に言った。

「沢登りの方とか、よく知った方でしたら大丈夫なのですが、初めてで、お一人では」

締まりのない男が、困り顔をした。

「渡渉があるんですか」

薮田は思い切って訊いた。

「一部あったかもしれません」

白髪頭が答えた。

「三嵓沢のスラブ状の滝の鎖は外してありますが、大きな鎖が残っていますし、赤い丸印もついています。あの時は、やはりここでいいのかと思いましたよ」

薮田は、遭難者が出ないように状況を伝えた。

「私たちも整備してはいるのですが、一般道ではないので、整備ができない所も」

薮田の向かい側の男が答えた。

「しかし、運がよかったです。あそこに一人では、危険でしたからね」

締まりのない男が言葉に抑揚をつけて言った。

「井戸尾根コースで、巻機山は一度登っているので、大丈夫だろうと思いました」

「井戸尾根コースは一般向きなので迷いません」

髪の薄い男が、はっきりした口調で言った。

「救助していただき、本当にありがとうございました」

薮田は、財前のことが心配になり、感謝の気持ちを伝えた。

「気を付けて山を楽しんでください」

向かいの人が穏やかに言った。

「御迷惑を掛けました」

薮田は、はっきり少し大きな声で謝った。

反省会のような会から解放されたので、近くの公衆電話を探した。

「財前さん、ぼく、薮田」

「薮田さん、助かったのね」

「お陰様で、無事に救助され、反省会が終わった所です。心配かけて、ごめんなさい。怒られるのは分かっているので、帰ってからにしてください」

「当たり前よ。ほんと、帰ってきて元気な顔を見せて」

「これから登山口に戻って、車で帰る」

「こっちには何時ごろに着くかしら」

「五時には、帰れるでしょう」

「それなら、五時にオアシスで」

「えっ、どうして」

「何人にも、心配かけたでしょ」

「裁判」

「そうね、積もる話もありそうだから」


薮田は、五時少し前にオアシスに着いた。

「心配かけました」

薮田が、はにかんで、オアシスに入る。

拍手がおこる。薮田は拍手の方に足早に進んだ。

「薮田、結婚式の前に葬式をするところだったんだぞ」

川北が拍手はしているが、真剣な顔で言った。

「御迷惑を掛けました。申し訳ございません。特に財前さんには」

薮田は、すまなそうに一礼して、空いている財前の隣の席に座った。座ってからも、財前には、頭を下げた。

「財前さんから、遭難の疑いの電話が来た時は、びっくりしたよ」

市田が、疲れた表情をした。

「井戸尾根から登った時は、ぼくが一緒に登ったので、今回も安心していたけど、どこから登ろうとしたんだ」

小西が、少し笑顔を作って言った。

「ヌクビ沢からのつもりだったんだけど、三嵓沢《みくらさわ》に迷い込んだんだ」

薮田は、暗い表情で言った。

「あそこは、迷いやすい所だと聞いている。どうして道を間違えたのかだね」

川北が詰問した。

「大きな石に、赤ペンキで右矢印でヌクビ沢、左矢印で割引沢《われめきざわ》と書いてあった。その時、赤いリボンが目に入ったんだ。もしかしたら、渡渉するような目印があったのかもしれない」

「渡渉って何のことですか」

財前が訊いた。

「渡渉というのは、川を渡るということです。川の水の中を歩くということです」

市田が説明した。

「たぶん、渡渉する所があったのでしょう。この地図は、詳しくはないですから、どこを渡渉するかは分かりませんが、ヌクビ沢分岐の所に渡渉と書いてあります」

小西が持ってきた地図を広げて言った。

「何か反省会になってしまいましたね」

初めて蕪木が発言した。

「どうして蕪木さんが来てくれたのですか。変な言い方で、申し訳ありませんが」

薮田は、さっきから蕪木のいることが、気になっていた。

「市田さんが連絡を間違えたんです。本当は川北さんに連絡したかったんでしょうけど、一行ずれて、私にかけてしまったんです」

蕪木が、平然と言った。

「慌てていたんで、か行の所で、目移りして、行きがかり上、来てもらいました」

市田が、いきさつを説明した。

「ついでで、申し訳ございません。でも、薮田さんには、大変お世話になっておりますので、心配でした」

蕪木は、薮田とは蕪木宅で会って以来なので、神妙な顔をしていた。

「お騒がせして申し訳ございませんでした」

薮田は、改めて蕪木にも一礼した。

「結局、どうやって助かったんだ」

小西が率直に訊いた。

「赤い印はなくなったけど、滝をいくつも越えて行って、どん詰まりまで行ったんだ。笹薮が抜けられないので、大雨の時にだけ、滝になる所を登ったんだよ」

「それで、どうなったの」

財前が、話に入ってきた。

「広いところに出たんだけど、やはり笹薮が抜けられなかった」

「それで」

川北が、先を訊きたそうに言った。

「しばらく眺めを見たり、紅葉を見ていたりしたら、井戸尾根の登山道を発見した。そこにも笹薮が邪魔をしていけない」

「そこでどうしたの」

蕪木が、イライラして突っ込んだ。

「登山道に下山者が来るかもしれないと思って、じっと見ていた」

「来たか」

市田が催促した。

「運がいいことに来た」

「それで助かったのね」

蕪木が結論を導こうとした。

「いや、呼べど答えず、紅葉を見ていた。まさか人がいるなんて思いもよらなかったんだね」

「それでどうしたの」

財前が、先を促した。

「山岳ビデオで見たことがあるから、思いっきり笛を吹いたよ」

「気がつきましたか」

指笛の得意な川北が訊いた。

「笛の音は響くから、気がついたよ。助けてほしいこと、遭難したこと、救助隊を呼んでほしいことを繰り返し伝えた」

「その日には、救助されなかったんですよね」

蕪木が訊いた。

「車のナンバーから名前を特定し、父に救助隊の要請の承諾を得て、親戚にも遭難のことを知らせたらしい」

「次の日はどうなった」

蕪木が先を訊きたがった。

「翌日、六時三十分頃ヘリコプターがやって来た。でも、笛もヘリコプターの爆音で打ち消されて、ダメだった。鏡を出して、手前から山などに反射させて、ヘリコプターに光を当てた。やっと気がついたよ。こっちに向かって来たけど、帰ってしまった」

「結局どうなったの」

蕪木が結論を訊きたがった。

「九時半ごろ、ヘリコプターが、今度は真っ直ぐに自分のいる所に飛んできて、止まってホバリングした。すぐに救助隊員がロープで降りてきて、抱き着くように言われたんだ」

「それで助かったのね」

財前がほっとした顔になった。

「その時ザックを取ろうとしたら、時間がない、つかまれと言うんで従った。ザックにはカメラが入っていたけどな」

「それでも、助かったんだから、よかったよ」

小西がため息をついて言った。

「車のキーとか、お金は大丈夫だったの」

財前が訊いた。

「貴重品は、いつも身に付けるようにしているんだ」

薮田は、ポケットの後ろと前を押さえた。

「で、ヘリはどこまで行った」

小西が先を訊いた。

「林の中にヘリポートがあったんだ。そこにはパトカーが停まっていた。救助隊から警察にバトンを渡されたんだね。救助隊に、お礼を言っておいたよ」

「まだ先があるでしょ」

蕪木が最後まで訊きたい様子だった。

「そこからは林道を通って、街中に出て、集会場の前で停まった」

「そんなところで何をするの」

蕪木が訊いた。

「変だったなあ。大勢集まっていた。警察署、消防署、町長のようなお偉方、民間の救助隊など。反省会が、挨拶もなく始まった感じ」

「どんな話をしたのかな」

市田が興味津々に訊いた。

「大変でしたね、気を付けてください。登山カードは出してください。一人だけの登山は危険ですから、できるだけしないで下さい。まあ、雑談の反省会だった気がする」

「注意しながらも、遭難者は反省しているので、やさしい口調だったのね」

蕪木は、そういう話し方には敏感だった。

「話の合間に、『どうぞ遠慮なく食べて下さい、飲んでください』と誰かが言う。二十人近くいる人の前には、おにぎり、お菓子、ペットボトル、お茶などが用意されていたよ」

「随分と用意がいいんですね」

財前が感心して聞いていた。

「ちょっとした反省会は、一時間ぐらいで終わったんですけど、ぼくは、おにぎり一個とお茶一杯がやっとでした」

「遭難した後は、気が張っているから、食べられないよな」

小西が納得顔で頷いた。

「最後に、民間の救助隊も出ているので、僅かばかりですが、請求書が行きますが、よろしくお願いしますとのことだった」

「その請求書、たぶん、そこの飲食代も入っているはずよ」

蕪木が、ニヤニヤして言った。

「たぶん、そうだろうね。飲み食い代は、ぼく持ちなんだ。それで、みんな笑顔だったんだ」

「薮田さん、二度目のヘリコプターが来るまで、三時間あったでしょ。その時間は何していたと思う」

蕪木が、真っ直ぐに薮田の顔をじっと見た。

「あ、あの反省会の連絡や会場準備の時間だったんだ」

薮田は、蕪木に言われて、すぐにヘリコプターが来なかった理由が分かったような気がした。

「そうよ、時間とお金も高くついたわね」

蕪木は、またニヤニヤした。

「それでも助かったんだから、よかったですね。お世話になった方には、感謝の気持ちを忘れてはいけませんよ」

市田が、この反省会をまとめてくれた。

「この会費は、薮田さん持ちではなくて、個人でよろしくお願いします。明日から頑張りましょう」

川北が、薮田の話を受けて、お開きにした。

「みなさん、ご心配をかけてすみませんでした。今日はありがとうございました」

薮田は深々と頭を下げた。

別れてから財前と二人になった。最初はなぜか無口になっていた。

所沢駅まで来てから、薮田が重い口を開いた。

「ごめん、心配ばかりかけて」

「どうして迷いやすいコースになんか行ったの」

「今から思えば、印を見ていけば、行けると甘く考えていた。渡渉が必要だったのかもしれない。それは今となっては分からない」

「私一睡もできなかったのよ」

「ごめん、言葉がない」

「もう自分のことだけじゃないのよ。相手の気持ちも考えてよ」

「何を言っても、言い訳になるけど、失敗は間違えを正せば、変われると思う。もう二度と心配はさせないと誓うよ」

「もし死んでいたら、どうにもできないじゃない」

財前が、薮田の胸に泣き崩れた。

「悪かった。起きてしまったことは、取り返せない。でも、未来は変えられる。許してください」

薮田は周囲の目が気になったが、振りほどく勇気はなかった。優しく抱擁するだけだった。

「少し歩こうか」

「うん」

しばらく歩いて、踏切を渡り、公園に出た。

「夜中じゅう考えていたんだ。君のことさ。ここに座ろう」

「ねえ、どんなことを考えていたの」

「言い訳や将来のこと。武者小路実篤の『やればできる』の詩を繰り返し暗唱したよ。暗唱しているうちに、人生を見つめてみたくなったんだ。ヘッドランプを点けて、詩を書いた。見てくれる」

「狭山湖でも詩を書いたわよね」

「何とかしたいという時に詩ができるんだよ」

「これで三度目ね。クラスの詩を入れると四つよ」

「陣馬山のは、詩じゃないよ。自分を成長させる方法だよ」

「同じよ。何かに感動したものを表現すれば詩になるでしょ」

「あった、これだ、汚い字で読めるかな」

薮田は、しわを伸ばして、便箋を財前に渡した。

「ヘッドランプの灯りで書いたのね」

「心も手も震えていたんだけど」

人生の道

生きることは　楽しむこと
自由に夢を追うこと
出会い求め　愛を求め
信じられる道を
山や森に　降った雨が
川となり大海に　流れていくように
そう　人生の道が

穏やかな　いくつも山を越えて
そう　永遠の生命《いのち》が
雲になり雨となり　大地に　帰る日を

余裕とは　笑うこと
ゆとりとは　楽しむこと
希望を持って　勇気をもって
生きぬこう
森や草が　生み出す生命《いのち》
水や大気を　浄化するように
そう　人生の道が
穏やかな　いくつも山を越えて
そう　永遠の生命《いのち》が
雲になり雨となり　大地に　帰る日を

「これが死に対峙したときの詩」

「詩なんて簡単にできないさ、生きる意味を考えたんだ。今度の詩はどんな歌が元になったでしょうか」

「さあ、みんなで考えようってわけ」

「でも、これはみんなじゃない、君だけさ。さっきみんなに見せることもできたけどね」

「あっ、分かった。『川の流れのように』」

「ピンポン、正解」

「賞品はないの」

「帰って来たばかりだから、あっち」

と薮田は、指をさす。財前はつられて後ろを見る。薮田は、少し顔を前に出し、

「こっち」

薮田は、振り返った財前の唇にキスをした。

「あっ、ずるい」

「何もないので」

「どっちが得をしたのよ」

「どっちも……じゃない」

「急だから、驚いたわ。今度はサプライズ」

二人は、抱き合って、キスをした。

辺りは既に夕闇に変わっていた。

「ねえ、今回は山へ何のために行ったの」

「うーん、けじめのつもりだったけど、分からなくなった。ただ、たぶん、振り返ればターニングポイント」

白比　学（しろひ　がく）

1952年東京都昭島市に生まれる。杉並区で児童期を過ごし、中学生から所沢市に住む。1977年創価大学経済学部を卒業後、所沢市などで小学校教師を務める。退職後、コロナ禍で、第二の人生は小説を書くことに決め、書き始める。著書に『伸びゆく若葉の季節』（東京図書出版）がある。

振り返ればターニングポイント

2024年6月24日　初版第1刷発行

著　者　白比　学
発行者　中田典昭
発行所　東京図書出版
発行発売　株式会社 リフレ出版
〒112-0001　東京都文京区白山 5-4-1-2F
電話（03）6772-7906　FAX 0120-41-8080
印　刷　株式会社 ブレイン

ISBN978-4-86641-759-2 C0093
Printed in Japan 2024